「俺にしなさい」
と、彼は言った。
「あなたから見れば、若くて頼りないかもしれませんが、
逆に言えばそれだけ将来性もあるってことです」　　（本文より）

BBN
B•BOY NOVELS

アルファ王子の最愛
～オメガバース・ハーレム～

鈴木あみ
イラスト／みずかねりょう

この物語はフィクションであり、実際の人物・団体・事件等とは、一切関係ありません。

CONTENTS

アルファ王子の最愛 ～オメガバース・ハーレム～

プロローグ

孔雀宮《カスル・ターウース》――孔雀が羽をひろげたようなかたちを持つ白亜の宮殿。

その本宮の謁見《えっけん》の間に、母親の違う八人のアルファの王子たちが集まっていた。

彼らの前で、国王は言った。

「王統の継続は最優先事項である。よって、おまえたちの中で、最初にアルファの男子を産ませた者を、王位継承者とする」

思いもよらなかった宣言に、王子たちは驚いた。

アルファ第七王子ナバトもその一人だった。

オルタナビア王国の玉座は、たしかに千年にも亘《わた》って脈々とアルファの男子のみによって受け継がれてきた。

だが、父王がその伝統を絶やさないために、二代先まで見据えた後継者選びをするとは思わなかったのだ。

ごく順当に、王位継承者にはアルファ第一王子イマーンが指名されると思っていた。

(――こうなったということは、俺にも玉座を継ぐチャンスがあるということだが)

アルファとはいえ七番目の王子であるナバトには、実感はない。

アルファの兄たち――殊に第三王子サイードや第四王子ユーディウなどは世継ぎとして十分な資質を持っているし、第一王子イマーンも、やる気の面でやや問題はあるものの、能力としては十分だと思う。

これだけ上がそろっていれば、第七王子としては高みの見物でもよかった。

「……興味なさそうですね?」

謁見の間を出ると、玉座を巡って応酬する上の兄たちを遠巻きにしながら、弟たちの一人がこっそりと囁《ささや》いてきた。アルファ第八王子ハディだ。まだほんの少年に過ぎないハディこそ、ナバト以上に実感はないだろう。

「まあね」

ナバトは肩を竦《すく》めた。

玉座には興味はない。

だが、謁見の間で、父王はこうも言った。

——オメガを集めよ
と。

アルファの男子は、非常に生まれにくい稀少《きしょう》な存在だが、生まれやすいとされる条件はある。

「両親がアルファ男子とオメガ男子であること」だ。

(玉座に興味はない。でも、オメガには)

オメガには興味がある。美しい面影が、ナバトの瞼《まぶた》に浮かぶ。

「ナバト兄上は、誰が王太子《おうたいし》になると思われますか?」

「そう……誰でしょうね。賭けてみますか?」

「ええ?」

不謹慎な言葉に、ハディはナバトを見上げて目をまるくする。

「ロロ兄上もいかがです?」

ナバトは傍《そば》にいた歳《とし》の近い兄、アルファ第六王子ロロに声をかけた。

「馬鹿馬鹿しい」

だが、ロロは眼鏡《めがね》を直し、一蹴した。

「そうですか?」

「賭け事に時間を費やすほど、僕は暇ではないからな」

ロロはナバトと同じ学生だが、ひどく生真面目《きまじめ》な性格だった。今回は父王の命令で留学先から呼び戻されていたが、すぐにでも大学へ戻りたがっているようだ。

そうしたあいだにも、上の兄たちは誰が最初にアルファの男子を産ませるか、玉座を巡って白熱し、今にも殴り合いにさえなりかけていた。

第二王子ニザールが、第五王子コルカールに摑《つか》みかかろうとする。

(ああ……そういえばあの兄だけは)

ニザールだけは、次の王になるには少々問題があると言わざるを得なかった。能力的にもだが、それ以上に性格が傲慢で、思慮が足りないところがあるのだ。

(やれやれ、ひさしぶりに会ったというのに)

幼いころは、王家の子供たちはその母親たちも含めてそれなりの交流があったのだ。だがそれも、それぞれの第二性別が判明しはじめてからは自然と遠のき、今では兄弟が顔を合わせることも滅多になくなっていた。

「まあまあ、ニザール兄上」

ナバトは見かねて割って入った。

「王太子争いなんて、僕ら下の兄弟には割と他人事《ひとごと》なんですから」

ね、とコルカールに同意を求める。コルカールは曖昧に頷《うなず》いた。彼はまだ若いせいか、アルファにしては華奢《きゃしゃ》で頼りない。

(そんな弟を殴ろうとするなんて)

どの兄が次の王になってもかまわないとはいうものの、ニザールだけは正直勘弁してもらいたかった。

(だが、たとえどんなに不適格でも、最初にアルファの男子を授《さず》かってしまったら、この兄が玉座を継ぐわけか)

父王もとんだ宣言をしてくれたものだった。

そんな気持ちはおくびにも出さず、ナバトは続ける。

「そもそも僕なんか七番目だから、玉座を継ぐなんて考えたこともなかったし、まだ学生の身だし、オメガを捕まえてアルファの男子を産ませろなんて言われても」

「そうですよね……ナバト兄上はまだしも、僕なんかまだアルファだってわかったばっかりで、その実感もないくらいですしね……」

と、ハディが答える。

「僕も、王太子争いなどに興味はないな。まったく、こんな用件で呼び戻されるとは、時間の無駄もいいところだ」

ロロもまた眼鏡を直しながら言い、さらに続ける。

「これで失礼する。今日中に大学へ戻りたいので」

「もう?」

「ひさしぶりに王都に帰ってきたんだから、一晩ぐらいゆっくりしていけばいいだろう」

さすがに驚いた兄たちが口々に引きとめたけれども、ロロはにべもなかった。

「六翼《ろくよく》に戻っても、もう母上もいらっしゃらないし、大学では大事な研究が僕を待っているんです。——では、失礼」

ロロはひらりとマントを翻した。

(……研究馬鹿)

と、ナバトは思わず口の中で呟《つぶや》く。

「じゃあ俺も。帰ってオメガを捕まえないとな」

続いてサイードも本宮をあとにする。

他の兄弟たちもそれぞれに散って、数年ぶりの王子たちの邂逅《かいこう》はあっさりお開きとなった。


(オメガ……か)

ナバトは孔雀宮本宮から自分の宮へ戻りながら、考える。

(アルファの男子を産ませるために、オメガを集めよと父上は仰《おっしゃ》った)

だがアルファ同様、オメガも稀少であることに違いはない。

(兄上たちの何人かは、既にオメガを手に入れていたり、算段をつけていたりするようだが)

ナバトの母は、他の多くの兄たちの母親同様オメガの男子だが、ナバトはそれ以外にオメガと判定された男をよく知らない。

幼いころには、父王の他の妾妃《めかけ》のオメガたちに会ってはいるが、あまりはっきりとは覚えていない。オメガ男子の親族もいるが、こちらも第二性別判明後は会わせてもらえなくなっていた。

(オメガって、どんな感じなんだろうな)

どんなふうに育つものなのだろう。

未知の存在に、深い興味を抱く。

ナバトは暫《しば》しオメガという存在に思いを馳《は》せた。

1

孔雀宮本宮の背後には、それぞれアルファの王子だけにあたえられた八つの宮がある。

今宵その一つ、七翼と呼ばれる宮殿では、アルファ第七王子ナバトの成人を祝う宴が催されていた。

大理石で造られた大広間には重厚な絨毯《じゅうたん》が敷かれ、贅《ぜい》を尽くしためずらしい料理や果物、酒が溢《あふ》れるほどに用意されていた。設《しつら》えられた舞台では、伝統音楽の調べに合わせて大勢の踊り子たちが舞い踊る。

すべてが豪奢で華やかなのは、王家の財力というより、ナバト王子の母が大商人の家柄の出身だからだろうか。

招待客のほとんどが王族や高位高官である中に、ファラーシャは女物の衣装を纏《まと》い、密《ひそ》かにまぎれ込んでいた。

薄布で顔を隠していてさえ零《こぼ》れ出る美貌《びぼう》に、纏わりつく男たちの視線が鬱陶《うっとう》しい。

本来なら、現国王の兄の子であるファラーシャにとって、ナバト王子は従弟にあたる。身分を秘す必要などないのだけれど。

(でも、今はまだ)

まずはすっかり疎くなってしまった王家の状況を探り、王子たちについての情報を得たい。

そのためには、王族たちの集まるこのパーティーは打って付けだった。

——次の獲物を定めるために。

話は一月ほど前、ファラーシャが四翼——アルファ第四王子ユーディウの後宮を飛び出して、しばらく過ぎたころに遡る。

「この穀潰《ごくつぶ》しが」

ファラーシャの部屋を訪れた伯父は、吐き捨てるように言った。

四翼を出たあと、ファラーシャは母の兄であるこの伯父の庇護下に戻っていた。どれほど嫌でも、他に行くところがなかったからだ。

「勝手に四翼を飛び出してきたかと思ったら、いつまでごろごろしているつもりなんだ？」

ファラーシャは長椅子《ながいす》に寝そべり、本に目を落としたまま聞き流す。

伯父は声を荒らげた。

「そもそも、儂《わし》がせっかくお膳立てして四翼に送り込んでやったものを、一年もしないうちに何故《なぜ》出てきたりした!?」

「……」

ファラーシャにとって、四翼での暮らしは思い出したくもない記憶となっていた。

ユーディウはファラーシャのことを従兄として、特別な身分のオメガとして大切にしてはくれたが、最後に選んだのは彼ではなかった。

（あんな取るに足りない、野良オメガにしてやられるなんて……！）

ユーディウを愛していたわけではないとはいえ、それは彼にとって、屈辱などという言葉では言い表せないほどの汚点だった。

「ファラーシャ……！」

伯父は責め立ててくる。ファラーシャは仕方なく唇を開いた。

「別に、ユーディウは俺の好みじゃなかった」

「孔雀宮の華がか？」

伯父は鼻で笑った。ユーディウはそんな二つ名で呼ばれるほどの美男なのだ。それが好みでないなどと言っても、伯父は本気にしなかった。

「ユーディウ殿下は、王子自身がどこぞで拾ってきた、たいして美しくもない若いオメガに奪われたと小姓《こしょう》に聞いたが」

「……」

「まさか本当なのか？」

伯父はさすがに信じられずにいるようだった。身分といい美貌といい、たしかに本来なら後れをとるはずの相手ではなかったからだ。

「いったいおまえの何がそのオメガに劣っていたんだろうな？　若さか、それとも身体か……？」

伯父が手を伸ばしてきた。その途端、ぞっと鳥肌が立った。

ファラーシャは反射的にその手を払いのけた。二度と彼にはさわられたくなかった。——もう、子供ではないのだから。

テーブルに置かれていた酒杯が落ち、音を立てて割れた。ファラーシャはそれを拾い上げ、切っ先を伯父へ向ける。

「奪われたわけじゃない。こっちから愛想を尽かしてやっただけだ……！」

「わかった、わかったから……！」

伯父は後ずさった。

「まったく……住まわせてやっている恩も忘れて……」

「何の騒ぎなの？」

母親が部屋を訪れたのは、そんなときだった。

「……別に」

ファラーシャは手にしていた酒杯をテーブルへと戻した。

「杯を落として割っただけだ」

「そう……？」

伯父は深くため息をついた。

「そもそもは、おまえがアルファだったらなんの苦労もなかったんだがな。オメガなんぞになりおって」

好きでなったわけじゃない、という言葉をファラーシャは呑《の》み込んだ。言っても意味がないことは、とうにわかっていたからだ。

「……私のせいだわ」

にもかかわらず、母が呟く。

「私がおまえをアルファに産めていたら……!」

「……」

ファラーシャがアルファの王子だったら、たしかに何もかもがまるで違っていただろう。

母は傍系王族の家にアルファ女性として生まれ、当時先代国王のアルファ第一王子だった父に嫁いだ。

オルタナビア王室には、アルファの王子はアルファの王族女性を正妃《せいひ》として娶《めと》る習わしがあるからだ。

そしてそれとは別に、後宮に多くの妾を囲う。

正妃だけでは、滅多にアルファの男子が生まれることはない。王統をアルファの王子で繋《つな》いでいくために、必要なシステムだった。

だが、父は美貌の母を愛し、決して他に妾を持とうとはしなかった。

結果、二人のあいだには、ファラーシャしか子供は生まれなかった。

ファラーシャは、オメガだった。

「今となっては、ご寵愛《ちょうあい》が深かったのがありがたいことだったのかどうか」

伯父が繰り言を言う。

「殿下が妾を持ってアルファの王子を産ませてくれていたら、弟に玉座を奪われることもなかっただろうに。もしそうなっていたら、少なくとも我が一族がこれほどの冷遇を受けることもなかった」

現国王は、ファラーシャの父親とは正反対の人物だった。

彼はまだアルファ第二王子だったころ、手段を選ばず後宮にオメガの男子を集め、次々と子を産ませていったのだ。数を打てば当たる——当然のように、彼は多くのアルファの男子を得た。

そして王統の安定のためには、後継者の心配のない自分が玉座を継ぐべきだと先代国王に強訴したのだ。

彼の訴えは、聞き入れられた。

王太子の座は弟のものとなり、弟に裏切られた父は、失意と屈辱のうちに病死した。

先代国王の死後、弟王子が即位し、母とファラーシャは孔雀宮を逐《お》われた。彼らは弟王子にとって、最も目障《めざわ》りな存在だったからだ。

その後、母子はこの伯父の屋敷に身を寄せるしかなかった。

「殿下を悪く言わないで……！」

母は元王太子妃という身分にふさわしくない金切り声をあげた。

「私がアルファの王子を産めていたらよかったのよ。……ああ……ジャミラはコルカールを産めたのに、私がアルファの王子を産めなかったばっかりに……」

ジャミラとは、現国王のアルファの正王妃だ。

アルファの男女のあいだにアルファの男子を授かる確率はかなり低いが、絶対にないというわけではない。ジャミラ王妃の一人息子コルカール王子は、アルファだった。

「どうして私はジャミラのようにできなかったの？　どうしてファラーシャはアルファじゃないの？　私の愛が足りなかったの？　だからあの人は……！」

彼女はファラーシャの両腕を掴み、強く揺さぶった。

「おまえがアルファに生まれていたら、殿下は死なずに済んだ、なのに、おまえはどうして……！」

そしてはっとしたように手を放す。

「……ごめんなさい、悪いのは私なのに……」

ファラーシャの唇から、深いため息が漏れた。

母はいつも、ファラーシャを責めては悪いのは自分だと謝る、この繰り返しだった。

自分を寵愛したばかりにすべてを失った父のことは、母の深い傷となり、未《いま》だ癒えてはいないのだ。

罪悪感に苦しむあまりファラーシャに罪を転嫁し、言ってはならないことを言ったと後悔する。けれども実際には、母の中ではファラーシャを責めることをやめられずにいるのだ。

（俺がアルファだったら）

だが人は生まれてくる性別を選ぶことも、子供の性別を選んで産むこともできない。

悪いとしたら、承知のうえで妾を持たず、そのくせ弟に玉座を奪われて絶望した父や、父を王太子から廃した先代国王、そして誰より陰謀を企んだ現国王なのに。

「もういい。今さら言ってもはじまらない」

最初にはじめたのは伯父自身だったにもかかわらず、彼は遮った。

「だがこうなったからには、ファラーシャ、おまえのやるべきことはただ一つだ。孔雀宮のアルファの王子たちの誰かに囲われて、誰よりも先にアルファの男子を産むのだ。亡くなった殿下の無念を晴らし、玉座を正統な血筋に戻し、我が一族が政界に返り咲く――そのためには、それ以外の手段はない」

「ああ」

ファラーシャは頷いた。

四翼で失敗したのなら、その咎《とが》は他翼で贖《あがな》うほかはない。

そんなことは、誰よりもよくわかっていた。

伯父は封書を取り出した。

「それは……？」

「招待状だ。近く七翼で、アルファ第七王子ナバトの成人祝いの宴が開かれる」

「……何故そんなものが……」

宛名は伯父になっている。しかし彼は王族とはいえ傍系で、自分で言っていたとおり冷遇されており、こういうものが届く地位にいない。

「さあな。ただ名簿まかせで適当に出したのかもしれないし、儂に四翼を追い出されて出戻ったオメガの甥《おい》がいることを聞きつけたのかもしれない」

各翼のオメガの出入りは基本的には秘されているため、広まっているとは思えない。だが調べて調べられないことでもないのだろう。

アルファの王子たちはオメガを探しているし、実際ユーディウの後宮に入るときも、他の翼からもいくつかの打診はあったのだ。七翼もその一つだった。

「この宴に連れて行ってやる」

「は……ナバトだって？」

ファラーシャの脳裏にぼんやり浮かぶのは、くるくるとした瞳の、幼児だったころの愛らしい彼の姿だ。

「子供じゃないか」

「いつまでも子供なわけがないだろう。実際、たいそうな美丈夫に育っていると聞く。そもそも、年など考えてもしかたがない。年ごろの釣り合うユーディウ王子とだって、どうせだめだったんだからな」

そう言われると反駁《はんばく》できなかった。

「ナバトでなくてもかまわん。宴の席には、他の王子たちも勢揃《せいぞろ》いしているはずだ。――誰でもいい、誑《たぶら》かせ」

伯父はファラーシャの顎を強く摑んだ。

「自信がないか？　なんのための美貌だ？」

「まさか……！」

ファラーシャはまた思いきりその手を振り払う。

「オメガに生まれたからどうだって言うんだよ。従兄弟たちの誰かと、アルファの男子をつくればいいんだろ……！」

それで父と、母の一族の血を引いた王子が玉座を継ぐ。正統に戻る。何の問題もなくなる。

ファラーシャは、伯父の手から封書を奪いとった。


宴の当日、ファラーシャは伯父に伴われ、七翼へと入翼した。

「皆、おまえを見ているぞ」

「は……」

「『高嶺《たかね》の花』だとな」

何を当たり前のことを、と思う。かつてアルファ第一王子の寵愛を恣《ほしいまま》にした母親譲りの美貌には、常に羨望の眼差《まなざ》しがついてまわる。

けれども彼らは決して直接声をかけてくることはない。アルファであることは勿論《もちろん》、地位か金か容姿か――なんらかのとりわけ秀でた取り柄のある男以外は。

伯父はファラーシャを宴へ送り届けると、一人で先に帰ってしまった。

「儂がいると、却《かえ》って邪魔になるだろう」

王族のオメガは一人で外出することをゆるされない慣習があるため、嫌々ファラーシャを伴ってきた伯父は、昔の知り合いに今の落ちぶれた身で会いたくはないのだ。彼らしい卑屈さだった。

「せいぜい色気を振りまいてこい」

肩に乗せられた手を、ファラーシャは振り払った。

一人になると、彼は密かに着替え、踊り子の衣装に身を包んだ。

七翼の後宮に入るか、それとも他翼にするかを決める前に、ナバトや他の王子のようすを知りたかったし、宮廷の情報もなるべく仕入れておきたい。

オメガと判明してから十数年、ファラーシャは従兄弟たちと会ったことはない。けれども顔を見られれば気づかれることもあるだろう。その点、薄布で鼻から下を隠せる踊り子の衣装は打って付けだった。

七翼は豪奢ではあるが、雰囲気は開放的で、宴の警備などもあまり厳《いか》めしくはされていないようだった。

主《あるじ》が若いからだろうか。四翼では、後宮のそここに警備兵がいて、曲者《くせもの》の出入りは勿論、オメガたちも籠の鳥になっていたものだったのだが。

けれども、内部を探ろうとする者としては好都合だ。

ファラーシャは夕闇にまぎれ、ユーディウを避けながら、賑《にぎ》やかな宴の席を泳ぐ。

今の従兄弟たちの顔は知らないし、昔の記憶もだいぶ曖昧だが、衣装や装飾品などから、アルファの王子か否かは識別できる。誰であるかを推測することも、そう難しくはないだろう。

やがてファラーシャは、大きな孔雀石の首飾りを身につけた少年を見つけた。

その意匠から、アルファの王子たちの一人であることは間違いない。――はずだけれども。

(本当に?)

彼は自分の目を疑った。

どちらかといえば陽気で体格がいいとされるアルファにしては、少年は長めの黒髪のせいか陰鬱で、ずいぶんほっそりとして見えた。豪奢な宝石が重そうに思えるほどだ。

一番下の第八王子ハディだろうか。それならたしかにまだ年ごろも十代半ばの少年のはずだが、最後に見た時点でまだほんの赤子だったハディが黒髪だったかどうか、覚えていなかった。

宴も酣《たけなわ》だというのに、少年はもう帰ろうとしているようだ。

「お待ちくださ い、殿下!」

それを従者らしき男が追う。

「コルカール殿下……!」

(コルカールだって?)

名前にだけは馴染《なじ》みがあった。ジャミラ王妃が産んだ、アルファ第五王子だ。

(この子が?)

だとしたら第四王子ユーディウとあまり変わらない年ごろのはずだが、それにしてはずいぶん幼い。そもそも成人しているようには見えなかった。

ファラーシャは昔のコルカールを思い出そうとしたが、印象が薄かったせいか、あまりはっきりとはしなかった。

(でも、そういえばユーディウに聞いたことがある)

アルファ第五王子は、歳の割には華奢で、少年というよりむしろ少女のようだと。

「もともと挨拶だけのつもりだったんだ。ナバトには祝いを言ったし、もう十分だろう」

コルカールは従者に追いつかれても、足を止めなかった。

（こっちにくる）

ファラーシャはさっと物陰に身を隠し、コルカールが去って行くのをやり過ごす。

ちょうどそのとき、後ろから別の男たちの会話が耳に入ってきた。

「ではイマーン兄上も、既にオメガを手に入れておられるのか」

「まあな」

（イマーン……アルファ第一王子）

そっと振り向けば、そこに座っていたのはたしかにイマーンだった。ファラーシャよりいくつか歳上だった彼は、あの当時でさえ十代半ばだったのだ。今の今までほどんど忘れていたが、こうして見ると面影は今の顔にもはっきりと見て取れた。

ユーディウと同じ金髪なのが気に入らないが、第一候補と言っていい。

（以前は、あまり王位継承には積極的ではないようなことを聞いていたけど……）

既にオメガを手に入れているということは、そうでもないのだろうか。

「兄上も、ってことは、サイードもか」

（サイード……じゃあこっちの黒髪は、アルファ第三王子か）

そう言われてみれば、やはり面影はある。

「別に隠すことねーだろ？　俺のほうは話してるんだからさ」

イマーンは砕けた口調で問いかけた。そしてサイードの耳に吹き込む。

「うちのはとびきりの美人だ」

（阿呆《あほう》か）

ファラーシャは思わず口に出してしまいそうになった。

まるでとっておきの秘密でも告げるようにしてそんなどうでもいいことを囁いたことにも、なるべくなら隠しておくべき後宮の内情を進んで喋《しゃべ》ったことにも呆《あき》れたからだ。

　情報を得られるという意味では願ってもないことなのだが……それとも、これは偽情報なのだろうか？

「うちのも、凄《すご》く可愛《かわい》いですよ」

　と、サイードは応えた。彼の許《もと》にも、オメガがいるらしい。

「へえ？　まあ、可愛いったって、うちのオメガの美貌には負けるだろうけど」

「いやいや。美人タイプじゃないですが、うちのミシャリほど可愛い子は、絶対他にはいませんよ。オメガがあんなに可愛いなんて、ミシャリに会うまで思いもしなかったんだから」

　会話を聞いた感じでは、少なくともサイードのほうはフェイクとは思いにくかった。実際に、お気に入りのオメガがいるのだろう。そういえば、サイードは子供のころからひどくまっすぐな性格だった……とうっすら思い出す。

「へえ……、おまえのオメガは、じゃあそのミシャリ一人なのか？　もうつがいにしたのか」

「ええ」

　はっきりとサイードは答えた。

（つがい……）

　その言葉を耳にした瞬間、ファラーシャは悪寒を覚えた。

　重い言葉だ。

　アルファはオメガのうなじを噛《か》むことによって、オメガをつがいにすることができる。つがいになれば、オメガは相手のアルファ以外に発情したり、フェロモンを発することがなくなる。つがいになることは、アルファとオメガのあいだで成される結婚のようなものだ。

　アルファは複数のつがいを持つことができるし、手当たり次第にオメガをつがいにするアルファもいる。決して対等なものとは言えないが、それでもサイードはそのオメガ一筋なのだという。

「最初は数を集めるつもりだったし、今でも側近たちにはそうしろと言われてますけどね、俺はミシャリさえいれば十分なので」

(……気持ち悪い)

何故そう思ってしまうのか、自分でもよくわからない。けれど聞いていると吐き気がした。

(アルファでありながら、本気でオメガを愛しているとでも言うつもりか)

ファラーシャの脳裏を、ユーディウの顔が過った。

(そんな馬鹿馬鹿しいお伽噺《とぎばなし》、あいつだけで十分なのに)

だが、イマーンがそれに応える。

「俺もだな」

「兄上も？　その相手をつがいに？」

「ああ。うちのは賢いし、可愛いっていうより『佳人』って感じなんだけどな。でも、俺から見るとどうしようもなく可愛く見えるんだよ」

「へえ……それは一度ぜひ会ってみたいな」

「会ったことあるよ、おまえ」

「ええ？」

サイードは目をまるくした。イマーンは笑って受け流す。

「ま、ユーディウによれば、愛が大事なんだろう。だとすれば、闇雲に数を集めたほうがいいとも言い切れない」

ファラーシャは、鼻で笑いそうになった。

(そんな迷信、こいつらまで真に受けてるのか)

第二性別の決定については、様々な俗説がある。オメガが相手のアルファを愛していれば愛しているほど、アルファの男子が生まれやすくなる——というのもその一つだった。

因《ちな》みに、逆の場合のことは何も言い伝えられてはいない。

アルファがオメガを愛するなどということは、それほどありえないとされているのだ。

なのにこの二人は——この二人までもが、まるで自分のつがいを愛しているようなことを言う。

心底うんざりして、ファラーシャは粟立《あわだ》った腕を擦りながらその場を離れた。

後宮に、先に他のオメガがいてもかまわない。奪う自信だってないわけではない。

だが、聞いた感じだと、少なくとも片方――ミシャリのほうは、どうもジブリールに近いタイプのような気がする。四翼でユーディウが選んだオメガだ。

アルファはああいうオメガが好きなのだろうか。見る目のないアルファをまた相手にしなければならないのか。

そう思うと、うんざりしたなどという言葉では言い表せないほどの厭《いと》わしさを、ファラーシャは覚えた。

一翼と三翼のアルファには、特別お気に入りのつがいがいる。四翼には戻れない。

二翼の第二王子ニザールは、幼いころも浅薄で底意地が悪かったような記憶があるが、四翼で耳にした噂《うわさ》もろくなものではなかった。彼は――というよりその後ろ盾のオマー大臣が強引な手段で多くのオメガを集め、人を人とも思わないようなひどい扱いをするばかりか、外国へ売り飛ばすことさえあるという。

（論外だ）

二翼は進んで行くような場所ではない。

（五翼は……）

だめというわけではないが、先ほど見た感じだと、コルカールはあまりに弱々しくて、彼と子供をつくれる気はまるでしなかった。

六翼のロロ王子は、研究馬鹿でそもそも都にほとんどいないと聞くし、七翼のナバト、八翼のハディほど年下になると、五翼のコルカールでさえああだったものが、いったいどれほど頼りないのだろう。

（いや、でも……）

考えようによっては、弱々しいくらいのほうがいいのだろうか。

（御《ぎょ》しやすいってことだし……？）

とはいうものの、コルカールの姿を思い出すと、どうしても気持ちが萎えた。

それに五翼には、ジャミラ王妃がいる。相当に気の強い性格だと言うし、ファラーシャの母とは犬猿の仲だ。正直、あまり関わりあいたくはなかった。

どの翼の後宮に入るべきなのか、決められない。どこも気が進まなかった。

（でも、何の進展もなしで帰るわけにも）

——おまえがアルファに生まれていたら、殿下は死なずに済んだ、なのに、おまえはどうして……！

母の声が耳を打つ。

（誰でもいい）

できるだけ早く、アルファの王子を儲《もう》けたいだけなのだ。恋愛をする気もなければ、好きな相手とつがいたいなどと考えているわけでもないのだから、誰だろうとそう変わりはしない。

（いっそ賭け矢でもして、籤《くじ》で決めてやろうか）

どこかで矢を調達して出た目に従い、何も考えずにその王子をものにすればいい。

（……）

何故だか、深いため息が漏れた。

テラスへ出て外を眺めれば、月明かりの下に白く輝く塔が聳《そび》えている。伯父の城からは見えないが、この七翼からはよく見える。

（……綺麗《きれい》）

その美しさは、目に痛いようだった。

あれは、見た目どおりの代物ではないというのに。

（……あの中には……）

「月が綺麗ですね」

「……っ」

物思いに沈んでいたせいか、ふいにかけられた声に、ファラーシャはびくりと反応してしまった。

振り向けば、黒髪の男が立っていた。

「でも、あなたのほうが綺麗だ」

薄布越しでもわかる、と微笑《わら》う。

長身で、くっきりとした端整な顔立ちに、人懐っこい笑み。その恐れ気もなく明朗な雰囲気を持つ男は、ファラーシャがなんとなく反発を覚えてしまうタイプだ。

（……アルファか？）

それはそうだろう。臆せずファラーシャに声をかけてくるような男なら。

けれども、孔雀石の首飾りをしていない。顔立ちに覚えもなかった。残念ながら、アルファではあっても、王子ではないようだ。

（はん……綺麗だって？）

そんなことは言われなくてもわかっている。だがアルファの王子でない男に褒められても、何の役にも立たない。

「……飽きた」

と、ファラーシャは答えた。

「え？」

「同じこと言われすぎて」

「そうでしょうね……！」

男は噴き出した。

「でも、俺は口にしたの、まだ二回目ですよ」

この返しはめずらしかった。つられて、ファラーシャは失笑してしまった。

「ここは嘘《うそ》でも、初めてだって言うべきだろ」

「嘘は苦手なんです」

男は肩を竦めた。そして、彼はふいに言った。

「罪人が入ってるんですよ」

「え？」

「あの塔。ずっと見ていたでしょう？」

その視線は、ファラーシャが先刻まで見上げていた白い塔にある。

「……知ってる」

へえ？　と、男はどこか見透かしたような顔をする。

「あそこに誰か知り合いでも？」

「まさか」

反射的な答えは、違和感をあたえなかっただろうか。

（別に後ろめたいことなんて、何もないけど）

「……ただ、そう聞いたことがあるってだけ」

「そうですか。まあここに来ている娘はみんな、王族か高官の紹介でしょうし、知っていても不思議はないですね」

（……娘）

踊り子の衣装は女物だから、何の疑いもなくそう思われているらしい。

「名前を教えてくれませんか？」

と、彼は聞いてくる。

「……会ったばかりの人に、教えるわけにはいきません」

「慎み深いんですね」

（慎み深い？）

初めて言われた言葉に、ついまた笑ってしまいそうになるけれども。


「他の女性はみんな、俺を見れば自分から名前を教えたがるんですけど」

「は……」

傲慢さに呆れた。

先刻彼自身が言っていたように、ここにいるということは、王子でなくても王族か高位高官の血筋なのだろう。加えてアルファでこの美貌なら、自惚《うぬぼ》れるのも当然なのだろうけど。

「生憎《あいにく》、年下は好みじゃないので」

アルファの王子でない相手に、かまっている暇もない。

だが、彼が王子でないのは少し残念だった。年下だとしても、これくらい堂々とした男なら、考えてやってもよかったのに。

「そんなことより」

あまり突っ込まれると、襤褸《ぼろ》を出してしまいかねない。

ファラーシャは話を変えようとした。

「矢を持っていないか？」

「矢？」

男は怪訝《けげん》そうな顔をする。

「今ここには持っていませんが……ギャンブルでもしたいんですか？」

賭け矢はもともと籤というより、一種のギャンブルだ。数本の矢のうち何本かに印をつけておいて、それを引き当てた者が賞金を得る。

「まあ」

曖昧に答えると、

「だったら、向こうでやっていますよ」

「あっ――」

彼は無造作にファラーシャの手を摑んだ。

「ちょっ、放し――」

ファラーシャは振りほどこうとしたが、男は抵抗を楽しんでいるかのように笑っている。彼の手の力は強く、放してはもらえなかった。

連れて行かれたのは、宮殿の中庭だった。


大勢の人々が集まって、賭け矢以外にもボードゲームやカードなど、さまざまな遊びに興じている。

「やってみますか？」

「場代を持ってない」

というか、そんな暇はない。

「奢《おご》ってあげますよ。出会いの記念に」

なのに、遠慮するまもなく、男がけっこうな大金を払ってくれた。

（そういうつもりじゃなかったんだが……）

なりゆきで、多くの参加者たちに混じって矢を選ぶ。

「あ……！」

そして引き抜いた鏃《やじり》の先には、印がついていた。

まさか本当に当たるとは思わなくて、ファラーシャは目をまるくする。

「おめでとう」

男が頬にキスしてきた。

「っ、気安くさわるな」

先刻手を握られたことといい、軽く扱われるのは我慢ならないのだ。

ファラーシャははねつけてきつく睨《にら》んだが、男は怯《ひる》んだようすもなかった。ただ、

「女王様なんですね」

と微笑う。

「じゃあ、こちらで」

彼はファラーシャの手を取って、恭《うやうや》しく口づけた。オメガで、しかも男の身でそんなふうに扱われたことはこれまでなかった。思いがけず、胸がざわつく。

だが、まあこれくらいならゆるしてやってもいい。

「ふん」

どの王子にするかを占えたわけではないが、とりあえず当たり矢を引いて気分はよかった。

ファラーシャは賞金を元手にカードゲームにも手を出した。

次々と勝てば、その美貌も相まって周囲が沸き立つ。もともと記憶力はいいので、カウンティングは得意なのだ。

七人目を退場させたところで、勝負する相手がいなくなった。

「さすがにお強いですね」

それをずっと眺めていた男は言った。

「俺とも勝負してみませんか？」

誘いに食指は動いたが、そもそもこんなことのために来たわけではないのだ。つい夢中になってしまったけれど、いつまでも遊んでいるわけにはいかない。

「また今度な」

「また会ってくれるんですね？」

「さあ？」

近いうちに、どうせまたどこかの後宮に入るのだ。二度と会うことはないだろう。けれど食い下がられるのも面倒で、

「縁があったらな」

と、適当に答える。

ともかく七人も倒して気も晴れたし、そろそろ本来の目的に戻らないと。

（七人——「七」か）

そういえば、今日のパーティーの主役は、この七翼のナバト王子だ。年下過ぎて対象外のように思ってはいたけれども、やはり検討はしてみるべきだろう。

（御しやすそうなら「あり」だし）

それに、あの幼く可愛いばかりだったナバトがどんなふうに育ったか、見ておきたいと思わなくもなかった。

気晴らしのおかげで、辟易《へきえき》していた気持ちもだいぶ持ち直していた。

ファラーシャはふと、傍にいた男を見上げた。

招待客であり、おそらくアルファの貴族で、年もナバトと近いだろう。知り合いである可能性は高い。

「あんた……ナバト、殿下を知ってるか？」

「ナバト？」

男は軽く目を見開く。

「ナバト王子に会いたいんですか？」

「……まあ」

会いたいというか、まずは探りを入れたいのだが。

「どうしてです？」

「今日の主役だから、ちょっと興味があって」

「へえ……？」

怪訝に思われただろうか。それとも、年ごろの娘なら王子に興味を持つのは当然——または軽薄だと思われただろうか。

「宴席にはいないみたいだから、部屋に戻っているのかもしれませんね」

「主役なのに？」

「何日も続く宴だから、出ずっ張りだとさすがに疲れるんでしょう」

それもそうか。

「王子に会いたいなら、行ってみるといい。突然現れても、きっと歓迎されると思いますよ。あなたみたいな美人ならね。ナバト王子は、サプライズが大好きな人ですから」

そんなに簡単な話だろうか。相手は仮にも王子なのに。

けれどファラーシャはナバトに会うというより、とりあえずようすを窺《うかが》いたかった。接触するかどうかはそのあとの話だ。

「場所は――」

男は、ナバトの部屋の位置と、行きかたまで教えてくれた。

（……変なやつ）

親切――？　と呼ぶべきものなのかどうか、よくわからない。美貌に魅せられて便宜を図ってくれる者などこれまでにもいくらでもいたが、それにしてはあっさりと他の男の部屋へ行くように勧めたりする。

「あんた、名前は？」

「やっと俺に興味を持ってくれましたか？」

「別に」

ただ、それくらいは覚えてやってもいいと思っただけだ。

「いずれわかりますよ」

だが、男はそう言った。

「運命が導けば」

「どういう意味だよ？」

「それもいずれね」

男は再びファラーシャの手の甲に口づけた。

その途端、先刻と同じような動揺を覚える。これはいったい何なのかと思う。

それどころではないのに。

ファラーシャのそんな反応にも気づかず、男は立ち去っていった。

（いずれわかるって）

また会う機会があるとでも言うのだろうか。

（こっちは全然そんな気はないのに？）

それでもなんとなく突き放された気持ちになって、見えなくなるまで彼の背中を見送ってしまう。

そしてはっと我に返った。

（……行ってみるか。ナバトの部屋へ）


教えられた道順を思い出しながら、ファラーシャは中庭を抜け、建物の外廊下をたどっていった。

敷地内は開放されているとはいえ、本当はこのあたりは部外者が入ってはならない場所なのではないかと思うが、咎められることはなかった。あの男は、見張りの手薄なコースを教えてくれたらしい。

（城内に詳しいのか……）

いったいどういう素性の男だったのだろう。今さらだが少し気になった。

——いずれわかりますよ
男の言葉が耳に蘇る。

——運命が導けば
「……っ！」

ふいに後ろから腕を摑まれたのは、そのときだった。

ファラーシャは反射的に先刻の男を思い浮かべた。だが、違った。

振り向くと、そこにいたのは、カードで大金を巻き上げたうちの一人だった。その後ろには、数人の仲間たちも控えている。

「さっきはずいぶん派手にやってくれたじゃないか？　ええ？」

「そっちが弱いのが悪いんだろ」

ファラーシャはその手を振り払おうとしたが、できなかった。

「放せ……っ」

「いやだと言ったら？」

「どうするつもりだよ？　金を返せとでも言うつもりか？」

彼らも相応の金持ちだろうに、賭け事で多少巻き上げられたからと言って、大げさにもほどがある。

「金を返せなんて言わないさ」

と、一人が言った。

「そうそう」

「もっといいものがあるよな」

「賭場にいたときから、その腰に震いつきたくてたまらなかったんだ」

その言葉と表情とで、彼らが何を言わんとしているのかを、悟らないわけにはいかなかった。

「身体で返してもらおうか」

「……っ」

(卑怯《ひきょう》な……!)

正面から口説く勇気もないくせに、徒党を組んで襲おうとする。

ファラーシャは渾身《こんしん》の力で男の手から逃れ、走り出した。

外廊下を抜けると、突き当たりは狭い階段になっていた。

「逃げられないぜ」

追い詰めてくる男たちに背を向け、駆け上がる。

そしてファラーシャは、踊り場に飾られていた巨大な花瓶を蹴り倒した。

「うわあっ……!?」

避《よ》けきれず、一人が足を踏み外せば、束になって上ってきていた男たちも巻き込まれ、転がり落ちていく。

「ざまあみろ」

ファラーシャは吐き捨てた。

下へ戻る道は塞がれているから、そのまま階段を上るしかない。

(でも、ナバトの部屋はこっちでいいはず)

だいぶ走り回っているうちに、方向を見失いかけてはいるけれども。

「待て……!!」

その後ろから、怒鳴り声が聞こえた。先刻の男たちの一人だった。

ファラーシャは無意識に舌打ちした。

近くにはもう武器になりそうなものはないし、まともに戦ったら勝てるかどうか。

「はは、追いついたぜ。やってくれるじゃないか」

「……あんた一人？」

「他のやつらは下でのびてるよ」

「じゃあ、あんたが一番強い男ってわけだ」

「まあな」

身分のある男だろうに、下卑た笑いを浮かべる。

ファラーシャは、それに艶《あで》やかな笑みを返した。男の表情が、途端に緩む。

「輪姦《りんかん》とかごめんだけど……あんた一人だけなら相手をしてやってもいい」

「へえ……？」

「あんた、けっこういい男だし」

じわじわと男が近づいてくる。ファラーシャは白い腕で男の頭を引き寄せて、薄布越しにキスしてやった。

そして窓辺に座らせると、トーブの裾を捲《まく》り上げ、男のものを取り出す。

「サービスがいいじゃないか」

視線を上げて微笑《ほほえ》み、勃起しかけたものに唇を寄せていった。

男は目尻を下げ、鼻の下を伸ばして見つめ返してくる。すっかり夢中になっているのが見て取れた。

と、思った瞬間、ファラーシャは男の両足首を摑み、力一杯持ち上げた。

「貴様……ッ!!　放せ!!」

男は気づいて抗《あらが》おうとしたが、既に遅かった。一度崩したバランスを戻せないまま、男は野太い悲鳴をあげながら、窓から真っ逆さまに落ちていった。

見下ろせば、下の植え込みに頭から突っ込んだようだ。おそらく死んではいないだろう。

「ふん」

ファラーシャは一応それを確認すると、今度こそ立ち去ろうとした。

だが、それで終わりではなかったのだ。

「……!!」

ふいにまた後ろから髪を摑まれ、引き倒された。俯《うつぶ》せに押さえつけられ、急激に嫌悪感が込み上げてくる。

わずかに振り向けば、頭を血まみれにした男がいた。先刻花瓶で階段から落とされたうちの別の一人が這《は》い上がってきたのだ。

「よくもやってくれたな!?」

男はファラーシャの背に馬乗りになり、何かで両手を後ろ手に縛った。

そして顔を隠していた薄布を暴く。男はファラーシャの顎を持ち上げ、目を細めた。

「想像してたより遥かに美人じゃないか」

ファラーシャは唾を吐いた。それは男の目に鮮やかに的中する。

「貴様……!」

そんな行為は、男をさらに激昂《げきこう》させた。

ファラーシャを表に返すと、両頬を殴打する。そしてすぐに襟もとに手をかけ、思いきり引き裂いた。

「おまえ、男か……!」

相手は瞠目《どうもく》した。

「声が低いとは思っていたが、男にもこんな美人がいるとはな」

けれどそれを知ってもやめようとはしない。ズボンの中に手を突っ込み、股のあいだを探る。その手がふいに止まった。

「——オメガか」

「……!」

何故わかったのかという疑問は、男の下品な笑いとともに解けた。

「どうりで怖いくらい色気があると思ってたぜ。こんなに濡《ぬ》らしやがって……」

(え……!?)

濡れてる?

ファラーシャは愕然《がくぜん》とした。

オメガとは言っても男の身で、濡れるのは発情期以外にはありえない。

(まさか、発情したのか!? こんな時期に!?)

本来なら、まだ数週間は先のはずなのに。

(そういえばさっきから、なんとなくぞくぞくするような感じはずっとあった)

あれが前兆だったのか。

「レイプされかけて興奮したのか? ええ?」

にやにやと覗《のぞ》き込んでくる。

(そんなわけないだろ……!?)

けれども、これだけアルファのそろった場所に長くいて、あてられたのかもしれなかった。もっと早く気づいていればと思っても、後の祭りだった。

滅多にないことだが、こういう事態にそなえていつも発情抑制剤は携帯している。今も胸の詰め物の中に隠して持ち歩いていたのだが。

(さっきあいつに服を破られて……どこだ?)

薬を探して周囲を見回す。

(あ……!)

そして丸薬が踊り場の隅に転がっているのを見つけた。

だが、その視線を追った男もまた、同時に気づいてしまう。

男はそれを掴むと、遠くへ放り投げた。

「残念だったな」

ファラーシャは覆い被《かぶ》さってくる男を蹴り上げたが、あまりダメージをあたえることができなかった。もう身体に力が入らなくなりかけているのだ。

必死で起き上がって逃げようとする。けれども手を縛られたままでは限界があった。窓辺に追い詰められ、下を見る。

(ここから、飛び降りたら)

大怪我《おおけが》をするかもしれないが、このままこの男に犯されるよりはましだ。

そう思って唾液を飲み込む。

覚悟を決めかけたときだった。

「その人を放してもらいましょうか」

ふいに降ってきた聞き覚えのある声に、ファラーシャははっと顔を上げた。

階段の上に、先刻別れた男が立っていた。

（……どうして）

彼がここに現れるのかと思う。

（偶然……？）

ファラーシャを押さえつけていた男が声をあげた。

「殿下……っ」

（殿下、だって？）

ファラーシャは呆然《ぼうぜん》と彼を見上げる。

――運命が導けば
彼の言葉が耳に蘇ってきた。

ゆっくりと彼が歩み寄れば、気圧《けお》されたように暴漢が退《ど》く。

同時に、アルファのフェロモンが圧しかかるようにファラーシャを搦《から》め捕った。

「……あんた、誰」

辛《かろ》うじて口にした言葉に、美しい笑みを浮かべて、彼は答える。

「アルファ第七王子ナバト。あなたのつがいになる男ですよ、ファラーシャ」

（ナバト、だって？）

これがあの小さかったナバト？

（――冗談だろ……!?）

信じられなかった。

だが、ファラーシャは彼に名を名乗ってはいない。言い当てることができたのは、ナバトだからだと考えれば辻褄《つじつま》は合う。でも、いつ自分に気づいた？　つがいになる？

罵倒と疑問が頭の中で渦を巻く。

けれども同時に、重圧にくらりと眩暈《めまい》を覚えた。倒れかけた身体を抱き上げられた瞬間、どくんと鼓動が跳ねた。

「この無法者たちは、捕らえて繋いでおけ。処分は追って言い渡す」

「はっ」

いつのまにか彼の後ろにいた部下たちに命じ、ナバトはファラーシャを軽々と抱いたまま、階段を上っていく。

(……どこへ……?)

連れて行かれるのかと思う。

意識を保っていられたのは、そこまでだった。

2

瞼を開けると、絹織物の天蓋が見えた。

複雑な模様の凝った織りだとわかる。寝かされている寝台はやわらかくなめらかだ。

（ここは……？）

「目が覚めた？」

見覚えのある男が、覗き込んできた。

――アルファ第七王子ナバト。あなたのつがいになる男ですよ、ファラーシャ
先刻の彼の言葉が耳に蘇る。

言われてみれば、たしかにあのころのナバトの面影に重なるような気もした。

（可愛かったのに……！）

いつのまにこんなに慇懃《いんぎん》無礼《ぶれい》で、生意気に育ってしまったのだろう。

ここはナバトの部屋――七翼の王子の居室に間違いなさそうだった。室内に満ちる噎《む》せ返るようなアルファのフェロモンが物語っていた。

そしてそれをことさら濃く感じるのは、やはり自分が発情しかけているからなのか。

「……抑制剤、を」

声が掠《かす》れた。

「抑制剤？」

「さっきの階段に、落ちていたはずだ」

「そうですか……気づきませんでしたが」

あの騒ぎだったから、それも仕方がないのだろうか。そう思いながらも、ファラーシャは舌打ちした。

「じゃあ、かわりの薬を持って来いよ」

「俺が持ってるわけないでしょう」

「母親はオメガだろ……っ」

「母上の部屋から盗めと？　俺に罪を犯せと言うんですか？」

「俺を騙《だま》した埋め合わせぐらいしろって言ってんだよ……！」

思わず枕を摑んで顔に叩《たた》きつけようとしたが、軽く受け止められてしまった。

ナバトはそれを脇へ押しやり、てのひらを差し出す。

「これでしょう。あなたの欲しいものは」

その上には、求めていた赤い丸薬が載っていた。やはり彼が拾っていたのだ。

ファラーシャは思わず引ったくろうとする。だが、ナバトが手を引っ込めるほうが一瞬早かった。

「返せよ！」

「話をするのが先です」

「話だって？」

「騙したつもりはなかったんですよ。実際、ナバトでないとも言わなかったでしょう」

「詭弁《きべん》だ……！」

ファラーシャにとっては、騙したのと同じことだった。

「おまえが他人のふりで、適当な道案内なんてするから俺が」

あんな目に遭ったのだ。本人なら本人と最初から名乗ればいいものを。

「ずいぶんご活躍でしたね。たすけなんかいらないかとも思ったんですけど」

男たちに逆襲し、一人は窓から突き落としさえしたことを当てこすられ、ファラーシャはまた舌打ちした。

「どうして俺があそこにいるってわかった？」

ナバトは窓を指さす。

「先回りして自分の部屋で待っていたのに、あなた来なかったでしょう。ふと外を見たらちょうど知人が突き落とされるところで、目を疑いましたよ。わかりやすい道を教えたつもりでしたが、意外と方向音痴なんですね？」

「教えかたが悪い」

自分のミスを指摘され、ファラーシャは憮然と目を逸《そ》らす。

「……追われて逃げてるうちに、変なところに入り込んだだけだ」

「まあ、そういうことにしておいてあげてもいいですけど。ちなみに、落ちた男は部下に命じて回収しておきました。命は無事でしたよ。よかったですね、もし殺していたら、さすがに王族でも無事では済まなかったかもしれない。特にあなたの立場なら」

「……向こうが悪い」

「たとえそうであっても、ですよ」

現国王の兄の王子であるファラーシャの立ち位置は、実際かなり微妙だ。

ナバトはそれも把握しているようだった。

「……いつ、俺が誰だかわかった？」

「最初から気づいていましたよ」

「それなら、なんでわかってないふりなんかしたんだよ？」

「あなたが全然、俺に気づいてくれなかったからですよ」

「そりゃ……気づくわけないだろう……」

これだけ変わっていれば、わからなくて当然だった。

何しろ歳が七つも離れているのだ。あのころのナバトは、まだほんの子供だった。

「俺はあなたのこと、一目でわかったのに」

けれどもナバトはどこか拗《す》ねたような顔をしている。そんな表情をしていると、少しだけ昔の面影が増す気もする。

(従兄だとわかっていて、月より綺麗だなんて言ったのか……)

そう思うとおかしかった。

「孔雀石の首飾りはどうした？」

アルファの王子を示す、公式の場では身につけていなければならないもののはずだ。

「何せ本日の主役ですからね、ひっきりなしに挨拶されたり人に紹介されたりでキリがないから、途中から外してたんです」

ナバトは悪びれもせず、肩を竦めた。

普通ならしない、ありえないことだ。とはいえたったそれだけのことで、彼がナバトや他のアルファの王子である可能性を考えなかった自分の迂闊《うかつ》さに、ファラーシャは頭を抱えた。

「あなたがオメガだったたって話は、ずっと前から知っていましたけどね……」

と、ナバトは言った。

「何故、俺の成人祝いの宴に、そんな格好をして来たんです？　まあよく似合ってますけど」

「……」

「なんて、聞くまでもないか。――アルファの王子たちの中で、最初にアルファの男子を得た者を、王位継承者とする――父上の命令は、宮廷中に広まっているようですからね。各翼ではオメガを探しているし、あなたがもしどこかの後宮に入って最初にアルファの王子を産めば、次の王の母になれる。玉座は、あなたの父上の血筋に還《かえ》る」

ナバトは正確にファラーシャの意図を見抜いていた。

「目当ては誰です？」

と、彼は聞いてきた。

「自分だとは思わないのか」

「俺じゃないのはわかってますよ。俺は、最初のうちはずっと正面奥の雛壇にいたんです。もし俺が目当てなら、顔ぐらい見分けられたでしょう。一応最後には会ってみる気になったのかもしれないけど、七つも年下の男なんて、あなたから見れば対象外だったんでしょう？」

笑みの中に潜む不機嫌に、少しだけぞくりとする。対象外、と決めていたわけではなかった。ただ昔のイメージが強すぎて、あまり考える気になれなかっただけだ。

実際会ってみれば、ずいぶん立派な大人になったとは思う。生意気なところが気に障るとはいえ、たしかに評判の美丈夫というだけのことはあった。

(顔つきも、……体格も)

そう思った途端、身体の奥がぞくりと震える。

ファラーシャはそれを慌てて意識から振り払おうとした。

「あなたにとって、誰が最高の男なんでしょうね?」

ナバトは問いかけてくる。

「兄上たちの誰が目当てだったんです?」

「当ててみろよ」

ナバトの答えで、彼が兄弟たちをどう見ているかを計ることができる。

「難しいですね。兄上たちは、それぞれに秀でた王子だから」

ナバトは少し考える。

「ヤーレフ兄上がいたら、簡単だったんでしょうけどね。あなたたちは、凄く仲が良かった」

「――……っ」

いきなり出された名に、ファラーシャは思わず声を立てそうになった。ここで彼の名が出るとはまったく考えもしていなかったのだ。

(……ヤーレフ)

子供のころ、一緒に遊んだ従兄弟たちの中では、たしかに一番仲が良かった。今はもう、お互いそれどころではなくなってしまったけれど。

「じゃあ一発で当てますよ」

そんなファラーシャのようすに気づいているのかどうか。ナバトは言った。

「孔雀宮の華――ユーディウ兄上でしょう」

「まさか……!」

動揺していたところに、少し前まで暮らしていた四翼を言い当てられ、ファラーシャは反射的に答えてしまった。

ナバトは目を見開き、そして眇《すが》める。

「……へえ?」

ファラーシャは顔を背けた。

（……偶然か？）

ファラーシャが四翼にいたことを、ナバトは知っているのだろうか。

玉座を狙う王子として、ある程度の情報は得ていても不思議はない。だが、ユーディウは王位継承権争いを左右する後宮の内情を外部に漏らさないよう気を配っていたし、知らない可能性も高かった。

「同母だけあって、あの人が一番、ヤーレフ兄上に似ているし」

「……そうでもないだろ」

「よく知っているみたいですね。今のユーディウ兄上のこと」

ぎくりと心臓が音を立てる。

「……別に、昔の印象で言っただけだ」

「あれほどの美男で、人柄も悪くはないし、能力的にも兄弟たちの中で一、二を争う非の打ちどころのない人なのに、違うんですか？」

「美貌や人柄で、継承権が決まるわけじゃない」

「それはそうですね。でもそれじゃあ、誰がアルファの男子を産ませられそうか、あなたにはわかるんですか？」

「わかるわけないだろ」

そんなことがわかれば、誰も苦労はしない。

「だったら、何が選ぶポイントなんです？」

「不正解だったやつに教える義理はねーな」

ナバトは不満そうな声を漏らした。

「じゃあ、当てればいいんですね？　ユーディウ兄上よりいいって誰でしょうね。それとも、まさか落とす自信がないから諦めたとか」

「まさか」

また声が大きくなってしまう。なんだかナバトには、変に鋭いところがある気がする。

彼は目を細めたが、聞き咎めはしなかった。

「イマーン兄上ですか？　今ひとつ野心を感じないのが物足りませんが、なんと言っても第一王子ですし」

「兄弟順で玉座が決まるわけでもないだろう」

「そうですけどね。じゃあサイード兄上か。孔雀宮の華ほどではありませんが、見栄えもいいし、統率力、野心、すべてにおいて見劣りしないと思いますよ」

「はっ」

ファラーシャは鼻で笑った。宴の席で耳にした彼の惚気《のろけ》を思い出したからだ。

「違うんですか?」

「違う」

「もうあまり残ってませんけどね。……まさかニザール兄上とか言いませんよね?」

「二翼の評判ぐらい知ってる」

ありえない、と首を振る。

「でしょうね」

ナバトと会話を交わし、視線を合わせるたび、少しずつ体温が上昇していくのを、ファラーシャは感じていた。早く話を終わらせ、薬を飲みたかった。


「特に目当てを決めてあったわけじゃない。とりあえず、ようすを探るつもりだったんだ」

「じゃあ正解なんてなかったんじゃないですか。ひどいな」

「最初から、あるとは言ってないだろ」

先刻のナバトを当てこすると、彼は憮然と口を噤《つぐ》んだ。

「もういいだろ。薬を寄越せ」

「だめです」

だが、ナバトは言った。

「なんだって?」

「発情がはじまってから抑制剤を飲むのは、ダメージがあるんでしょう」

「まだ本格的に発情してるわけじゃない」

「そうでしょうか? 俺があなたのフェロモンの昂《たかぶ》りを感じていないとでも?」

アルファは、オメガのフェロモンに強烈に反応するのに。

「第一、もったいない」

「もったいない？」

「オメガの男は、発情期にしか孕《はら》まないんでしょう。年に四回しかないその機会を逃すなんて、もったいないと思いませんか？」

ナバトは額を寄せ、覗き込んでくる。

「俺にしなさい」

と、彼は言った。

「あなたから見れば、俺は若くて頼りないかもしれませんが、逆に言えばそれだけ生きが良くて、将来性もあるってことです」

「もっと若いのもいるけど？」

「ハディはまだ子供ですよ。成人もしていない、十歳以上下の子供を相手にするんですか？」

ファラーシャから見れば、年齢的にはさほどナバトも変わらない気もするけれども。

「すぐ上のロロ兄上は研究馬鹿で大学に行ったきり、玉座にもまったく興味はないようですし、その上のコルカール兄上はアルファらしくない引っ込み思案で、俺よりよほど頼りない。そのうえ怖い姑《しゅうとめ》もついています。でも、俺の母上はやさしいですよ」

コルカール王子の母は、ファラーシャの母が同じアルファ女性としてライバル視していた王の正妃ジャミラだ。交流はあまりなかったが、性格のきつさは耳にしたことがあり、たしかに関わりたい相手ではなかった。

だがそもそも後宮に入ったからと言って、正妃になるわけでもないのに、王子の母に会う機会があるのかどうか？　ナバトの母がやさしくても、あまり意味はないのではないだろうか。

「俺が一番お買い得ですよ」

ナバトはファラーシャの手を握った。

「あなたなら、今の兄上たちのオメガから寵愛を奪い取って、独り占めすることもできるのかもしれない。でも俺なら、最初からそんなことをする必要はないんです。後宮にはまだ誰もいない。――あなたファラーシャの答えに納得したのかどうか。

「オメガがアルファに恋い焦がれているほど、アルファの男子が生まれる確率が高まる――か」

ナバトは言った。

「そんな迷信、俺は全然信じてませんけどね」

ファラーシャは我知らず目をまるく見開いていた。

「――全然？」

「ええ」

それは迷信かもしれないが、アルファの男子を欲しがる王子なら、誰でも多少は意識しているものだと思っていた。

それなのに、ナバトは信じないと言う。

「……どうして」

「俺の母上は、父上のことを特に慕っていませんからね」

「は……？」

あっさりと暴露された言葉に、ファラーシャはさらに耳を疑った。


だけだ」

（俺だけ）

その言葉は、思いのほかファラーシャの胸を揺さぶった。高まる鼓動を、彼は見ぬふりで抑え込もうとする。

「……今は俺だけでも、いずれ増やしたら同じことだな」

「増やしたりしませんよ。あなたが、俺の子供を産んでくれるなら」

「アルファの男子を、か。産めるとは限らないぜ。それとも、ユーディウみたいなことを言うつもりか」

「……ほんと、詳しいんですね。ユーディウ兄上のこと」

指摘され、ファラーシャははっと口を噤む。四翼にいたことを隠すつもりなど最初はなかったのに、なんとなく知られたくない気持ちになっていた。

「……一応従兄弟なんだし、噂ぐらいは流れてくる」

「そういうものですか？」

「むしろ嫌いみたいですよ。俺にはなるべく隠してはいますが、まあわかりますよね」

「……そんなこと、言っていいのか？」

「事実ですから。好きな相手と引き離されて後宮に召《め》されて、特別寵愛が深かったわけでもなく、たまたま身籠もったらアルファの王子だったっていうね。——そういうことも実際にあるんですから。まあ、もしかしたら多少の確率の違いはあるのかもしれませんが、それ以上に運なんだと思いますよ」

「……。………」

ファラーシャは言葉もなかった。

ユーディウがあまりにその言い伝えを信望していたから、いつのまにか自分まで影響を受けていたのだろうか。

伝説は伝説であって、正しいとも正しくないとも言えない。科学的な裏付けなど存在しないものなのに。

そんな当たり前のことに、ファラーシャは目を開かれたような気がした。

「……っははは」

自然と笑いが零れた。こんなふうに笑うのは、いつ以来のことだろう。

「ファラーシャ？」

「正妃はどうするつもりだ？　娶らないわけにはいかないだろう？」

「伯父たちが候補を選んではいましたけどね。気が乗らなくて、成人してからってずっと押し切ってたんです。でもあなたが後宮に入ってくれるなら、身分的にも遜色ないんだし、正妃はいなくてもかまわないと思いますよ」

「そんなに簡単にいくかよ」

「俺を信じて」

真剣な瞳で見つめられ、ファラーシャは息苦しさを覚えた。

さりげなく手を放そうとするが、ナバトはしっかりと握り締めたまま、放してはくれない。

「後宮には、他に誰も入れないと約束します。そのかわり、あなたも誓ってください」

「……何を」

ファラーシャは精一杯平静を装おうとする。

「俺のものになると」

「……後宮のオメガが、浮気なんて簡単にできるわけがないだろう」

「じゃあ誓えますね？」

「……そんなに玉座が欲しいのか」

「あなたが欲しいんですよ」

「――信じられるか」

けれども、こんなふうにまっすぐに求められたのは、初めてのことだった。これまで美貌に惹《ひ》かれ、身体目当てに誘ってくる男は星の数ほどいたけれども。

（いや……ナバトだって、やつらとどこが違うっていうんだ？）

ナバトはわずかに眉を寄せた。

「そう思うのも無理はない。――でも、あなたはアルファの王子を産みたいんでしょう。だったら、俺が必要なはずだ」

実際、ファラーシャにとって悪い話ではなかった。アルファの王子たちの中から一人を選ぶとは言っても、状況は難しい。そんな中で、ナバトはおそらく最良の選択肢だ。

「……なんで俺なんだ。オメガなら他にもいるだろう」

どう言いつくろったところで、ナバトもアルファの男子を産ませることが目的であるに違いない。たしかにオメガは稀少だが、探せば他に見つからないわけではないのに。

「言ったでしょう。こんな綺麗な人、見たことないって」

「二回目だったんだろ」

茶化すファラーシャに、ナバトの端整な顔がわずかに歪《ゆが》んだ。

ナバトはベッドに手をついた。もう片方の手で、顎を軽く持ち上げてくる。

「俺のものになってください」

ぞくりと背筋が震えた。アルファ性の誘惑が、重圧としてのしかかってくる。

ファラーシャは、半ば必死でナバトの手を振り払った。

「誰に向かってものを言ってんだよ……！」

同時にベッドについた膝を足払いで崩し、上に跨《また》がって見下ろす。

「ご主人様はこっちだ。――忠誠を誓うなら、共闘してやるよ」

「あ、はは」

ナバトは目をまるくし、そして笑った。

「あなた自分の立場がわかってるんですか？　現国王のアルファの王子に向かって」

「血筋的にはこっちが上だ。歳も、経験もな。敬え童貞」

さすがに怒るかと思ったが、ナバトは軽く肩を竦めただけだった。

「童貞じゃありませんが、たしかに男は初めてですよ」

腰抜けと罵るべきなのかもしれない。けれどもこの、若さに似合わない肝の据わりかたに、ファラーシャは何か底知れないものを感じずにはいられなかった。

「わかりました」

と、ナバトは言った。

「女王様の仰《おお》せのままに」

手を、と求めてくる。

ファラーシャが彼のてのひらに、自らの手を乗せた瞬間、強く引っ張られ、唇を奪われた。

体勢を入れ替えて押し倒され、ナバトのキスは長く続いた。

「んん……っ」

ファラーシャは押し退《の》けようとしていたけれども、入ってきた肉厚の舌で内部を犯されるうち、ぼうっと意識が霞《かす》んできた。

まるで身体が溶けていくかのようだ。

上衣を取り去られ、胸にふれられる。てのひらは熱かった。

乳首を転がされると、びくりと仰《の》け反《ぞ》ってしまう。逃れようとしたのに、すぐにまた顎を摑まれ、覆い被さられた。

「ん……ん、……っ」

キスが深くなっていく。舌を擦《こす》りあわせ、上顎をたどられるたび、ぞく、ぞくっと背筋に震えが走った。

ナバトは乳首を親指で転がし、ときには軽く摘《つま》み、二本の指で揉《も》み込む。オメガは初めてでも、たしかに女は知っているのだと思われた。


「あ……っ」

ようやく口づけから解放された瞬間、大きな声が漏れた。

「いい声ですね。もっと、聞かせてください」

そう言われると、聞かせたくなくなるけれども。

ナバトの唇は、喉や鎖骨を啄《ついば》みながら降りていく。やがて胸へとたどり着いた。

「んあぁ……っ」

乳首を食《は》まれると、発情した身体は声を抑えることができなかった。

ナバトはさらにざらりとした舌で舐《な》めあげてくる。

「あ、あ、んん……っ」

その刺激は下腹にまで伝わってきて、ファラーシャはびくびくと震えた。

「ん、それ、……っ」

「ここ、好きみたいですね」

「おまえ、しつこい……っ」

「反応がいいからつい、ね。それに可愛いし、いつまでも舐めていたくなりますよ」

（子供か）

　そう言いたかったけれど、言葉にならなかった。

　甘嚙みされるたび、きつく勃《た》ちあがったものから雫《しずく》が零れた。自分でもそれを感じて、どうにか止めたかったが、どうしようもなかった。

「あぁ……はぁ……っ」

　いつのまにか脚が開き、内股をナバトの腰に擦りつけていた。

　ようやく、ナバトの手が下穿《したば》きにかかる。腰を浮かすと、するりと剝《は》ぎ取られた。

　濡れた狭間《はざま》にふれてくる。軽く撫《な》でられると、また腰がせりあがった。

　ナバトはその指を中へ突き立ててくる。

「ああ……っ」

　ファラーシャは背を撓《しな》らせた。一気に挿入されても、痛みも感じなかった。

「凄い、……引き込まれるみたいだ」

「黙れよ……っ」

「ええ」

　指は二本に増やされ、すぐに三本に増やされる。

　ファラーシャは、ナバトの性急さを感じてぞくぞくした。

　何度も抜き差しされ、半ば無意識に、ナバトの腕をぎゅっと摑む。

「ファラーシャ」

　ナバトはファラーシャの脚を膝の裏から抱え上げ、宛がってきた。

「挿《い》れるから、……我慢して」

「ん、あぁぁ……っ!!」

　応えも待たずに挿入された瞬間、貫かれる快感に意識が飛びそうになった。

　一気に奥まで入り込んでくる。

「あ……っ、あっ、あっ――」

　強く突き動かされ、断続的に声が漏れた。

（硬い……）

若いということなのか、その硬さのまま、奥の奥までこじあけられてしまう。

「あ――」

(だめ、だ)

ファラーシャは無意識に首を振った。けれどもナバトはやめようとはしなかった。

わずかに残った理性で、堪《こら》えようとするけれども。

「あぁぁ……ッ」

昇りつめて白濁を吐き出す。内部が断続的に痙攣《けいれん》し、絞るようにナバトを締めつける。

彼が上で息を詰めた。かと思うと、中で熱が弾《はじ》けた。

「……っ……あ……っ」

びゅくびゅくと勢いよく注がれる。その感覚に、ファラーシャは恍惚感《こうこつかん》さえ覚えた。

「ごめん……」

と、ナバトは言った。

「なに、が」

「もうちょっと、ちゃんとするつもりだったんですけど……」

別にちゃんとしてた、と思う。ファラーシャはナバトが何を謝るのかよくわからなかった。

腰を引こうとする彼の背に、我知らず両脚をぎゅっと絡める。抜いて欲しくなかった。

「え、ファラーシャ……？」

「……いいから」

「でも」

ナバトは中でまた角度を取り戻していく。硬くて熱くて、脈動まで伝わってくる気がする。それが気持ちよくて、抜かれたくない。

(もっと、奥まで)

「……誘ってます？」

囁かれた言葉に、無意識にしていたことに思い至り、かっと頬が熱くなった。

「馬鹿……っ、……なんのために、してると思ってるんだ」

「ああ……零したら勿体《もったい》ないか」

ナバトは失笑した。

再び動きはじめる。

「あ、あ……っ」

溶ける、とまた思った。

一度達して敏感になったところを擦り上げられ、またすぐにでも達してしまいそうだった。さっきより気持ちいい。

「凄い……すぐいきそうだ」

と、ナバトは言った。

「出せよ、何度でも……っ」

「そのほうが、孕めそうだから？　――いいですよ、孕んでください。何度でも出してあげる」

「あぁ……っ」

二度目の精を注がれて、腰が砕けそうになる。軽く意識を飛ばしてしまう。

引き戻されたときには、視界は敷布でいっぱいになっていた。

「え……？」

自分のとらされている獣のような姿勢に、ファラーシャは動揺した。

「ファラーシャ」

ナバトが後ろから覆い被さってくる。

「俺のつがいになってください」

（つがい）

オメガなら、たいていの者は喜ぶだろう。けれどファラーシャは、その言葉にぞっとした。

嫌なことを思い出しそうになって、反射的に首を振る。

「だめですか？」

「この格好……いやだ」

ファラーシャはナバトの話も聞かずに身を捩《よじ》った。

「どうして」

「好きじゃない」

「どうしてです？」

重ねて問われ、けれどファラーシャは答えられなかった。

「別になんだってかまわないだろ、放せよ……っ」

「こんなに熟れきってるのに？」

「ひっ――」

抜けかけていたものを再び押し込まれ、ファラーシャは息を呑んだ。

「ああ……っ」

発情し、開いた身体はそれを快感と受け止める。けれどもどうしようもなく嫌で、ファラーシャは身を捩った。

「……っや……」

それをナバトはどう受け取ったのだろう。

「……わかりましたよ」

彼はため息をついた。

「じゃあ、こっち」

腕を引かれ、背中を抱いて、膝の上に乗せられる。

「ああ……っ」

その途端、深く穿《うが》たれて、目の前が真っ白になった。

「大丈夫……？」

ファラーシャは首を振った。

「……深い……っ」

「そのほうが孕みやすいですよ、きっと。――俺に摑まって」

囁きながら、ナバトは屹立《きつりつ》して震えているものへと手を伸ばしてきた。

「あ」

握られた瞬間、きゅっと後ろも締まる。ナバトは続けて擦り、揺すり上げてきた。

「ああ……っ」

ファラーシャは反射的にナバトの肩に摑まった。

「それ、しなくていい、って」

「どうして。ここも感じるでしょう？　さっきは可愛がってあげられなかったけど」

「だめ、無理」

「どうして」

片方の手でなんとかナバトの手を退けようとする。

「両方だと、おかしくなる……っ」

「なって、いいですよ」

ナバトは満面の笑みを浮かべた。

「思いきり気持ちよくなって」

「あ、あ、あ……っ」

ことさらに擦り立ててくる。

「……昔は、俺のほうがあなたの膝に乗せてもらってたんですけどね。……覚えてますか？」

「え……？」

「なのに、今は俺があなたを膝に抱いてるなんて、夢を見ているみたいですよ」

そんなことも、そういえばあっただろうか？

淡い記憶をたどろうとしたけれども、気持ちよさに溺れて、まるで何も考えられなかった。

「あ……ああっ……っ」

何度目かの絶頂を極めた瞬間、ナバトはまた唇を塞いできた。


ナバトの部屋に二人きりで籠もり、ずっと身体を絡めている。

誰かとこんなふうにずっと一緒に過ごすのは、ファラーシャにとって初めてのことだった。

ナバトは思っていたよりずいぶん貪欲だった。それが意外だったが、新鮮で面白くもある。

肌がふれていないのは、食べているときくらいのものだった。

財力を誇る七翼だけあって、運ばれてくる料理はどれも美味《おい》しかったし、ナバトはファラーシャの好きなものをよく覚えていた。

食欲の落ちているはずの発情期であるにもかかわらず、そそられて、手を伸ばす。

「やっぱり今でもそれ、そのまま食べるんですね？」

ファラーシャが花梨《かりん》の蜂蜜漬けを囓《かじ》るのを見て、

ナバトは言った。彼はベッドに片肘をついて寝そべり、しどけなく座るファラーシャを眺めている。

「美味しくないでしょう?」

「渋いけど、そこがいい。食ってみるか?」

ナバトは理解できないという顔をしていたが、一片摘んで差し出すと、口を開いた。ファラーシャの指ごと咥《くわ》えて食べる。

「……味の前に、硬いですね。だいたい、シロップのほうを食すものですし。あなたの指のほうがやわらかいくらいですよ」

と、さらに舐《ねぶ》ろうとする。

「ふーん?」

ファラーシャはその指を引き、かわりに持っていた蜂蜜漬けの壜《びん》を傾けた。

「うわ!?」

とろりとした液体が、ナバトの股間へ垂れる。驚いて声をあげるナバトに、ファラーシャは喉で笑った。

「ファラーシャ……!」

「そろそろ再開しようぜ」

発情期は短い。終わる前に、できるだけたくさん仕込んでおかなければ。

蜂蜜液まみれになったそこへ、ファラーシャは唇をつける。甘い蜜を掬《すく》いとるように、舌を這わせていく。

「んん……」

できるだけ零さないように腐心するが、すぐに敷布がべとべとになってしまう。だが、別に気にしなくてもいい。どうせ湯を使っているあいだに、小姓たちが新しいものと取り替えてくれるからだ。

「美味しいですか?」

「……ん……甘い、……それに花梨よりは、歯ごたえが……んん、ありそうかな」

「だめですよ」

ふざけ半分に歯を立てようとすると、顎を摑んで止められた。

「まったく……あなたって人は」

苦笑しながら、ナバトはそのまま口づけてきた。

「……ほんと、甘いですね」

キスをしながら、ファラーシャをベッドの上に押し倒す。屹立したものを宛がってくる。

「っ……ああ――っ……」

そのまま突き立てられ、ファラーシャは声をあげた。

「……痛いですか……？」

「……っ……別に……っ」

ずっとしているから、後孔はすっかり受け入れることに慣れてしまっているのだ。

「中……もうそろそろ俺のかたちを覚えてるんじゃないですか？」

覆い被さり、ファラーシャを見下ろしながら、ナバトは言う。

「そんなこと、あるわけないだろ」

「そうですか？　でもほら、こうして嵌《は》まってると、……凄くしっくりきたり……しませんか？」

言いながら腹を撫でられ、ファラーシャは息を詰めた。

「……っ、しない……っ」

「そう？　俺は凄くぴったりだと思うんですけどね？　気持ちよさそうだし」

「……別に」

「じゃあ、もっと奥のほうが合うのかもしれませんね？　……ほら」

と、抉《えぐ》るように挿入してくる。最奥に、ごりっと当たる感触がある。

「ああ……っ」

「……ね？」

「何が……っ」

「もっと奥がいいですか？」

「冗談……っ」

これ以上挿れられたら、壊れる、と思った。

「いいからもう黙れよ……っ」

ファラーシャはそう言って、ナバトの背をぎゅっと抱き締めた。

3

発情期が明けると、七翼での生活が本格的にはじまった。

(どこの宮も同じようなものだろ?)

と、ファラーシャは思っていたけれども、多くのオメガがいた四翼後宮と、ファラーシャとナバトの母親以外にはオメガもおらず、女性の妾妃もいない七翼後宮とでは、何かが大きく違っていた。

成人したナバトは勅命により軍警察に配属されたうえ、母親の実家の事業のいくつかにも携わっていて毎日出かけるが、仕事が終われば必ずまっすぐにファラーシャの部屋へ帰ってくる。たいていは何か手土産を持っている。美しい菓子、装飾品や宝石など、いらないと言ってもやめなかった。

そしてそのまま一緒に過ごし、一緒に夕食を食べて、一緒に寝るのだ。

ナバト個人の部屋も勿論あるのだが、そちらは今はあまり使っていないらしい。

(なんか……変な感じだ)

ふつう後宮には伽の間があって、主がオメガを呼ぶものだと思っていた。四翼でもそうだったのに。

(広いから、別にナバトがいても邪魔になるわけじゃないが……)

七翼でファラーシャにあたえられた部屋は、寝室と書斎、居間などがいくつも続き間になっている。専用の風呂までついて、非常にゆったりとした贅沢な造りだった。

ナバトの母の実家は豪商で、掃いて捨てるほどの財があるのだという。洗練という意味では四翼に軍配が上がるが、七翼は何もかもが豪奢で、とにかく金がかかっている印象だった。

「ただいま、ファラーシャ」

特に迎えにも出ていないのだが、気にすることもなく、ナバトは部屋へやってきた。

「……おかえり」

ファラーシャは、本に目を落としたまま答える。

その視線の先に差し出されたものは、

(花……)

小さな蝶《ちょう》が集まったような、華やかな赤紫色の花束だった。

「輸入物で、蘭《らん》の一種らしいですよ」

「へえ……」

鮮やかなめずらしい花に目を奪われるファラーシャの隣に、ナバトは腰を下ろしてきた。

「何を読んでいるんです？　ファル」

「ファル？」

耳慣れない言葉に、ファラーシャは思わず顔を上げた。

「何だよ、その呼びかた」

「やっと俺を見てくれましたね」

ナバトは破顔した。

「ファラーシャって長いから、この際、呼びやすい、俺だけの呼び名で呼んでもいいんじゃないかと思ったんですよ」

ファラーシャは鼻で笑ってしまった。

「だめですか？」

「……」

まるで恋仲でもあるかのように振る舞うのは、正直気持ちが悪い。アルファの王子を得るために、共闘しているだけなのに。

けれども、敢えてだめだと答える気にもなれない。何故だか、どこか懐かしいような気もして。

(まあ……拒否するほどのことでもないっていうか……呼びかたなんて何でもいいし)

「……別にかまわないけど」

「じゃあ、ファル」

「何だよ」

「呼んでみただけです」

「阿呆か」

ナバトは、呆れてため息をつくファラーシャを抱き寄せてくる。

「いい匂いがしますね」

「花の匂いか？」

「あなたの髪のほうがずっと香《かぐわ》しい」

髪に顔を埋《うず》め、深く息を吸い込む。

当たり前だ。

昼のあいだ目一杯時間をかけて、小姓たちに髪や身体を洗わせ、香油や蜂蜜などで磨き抜かせているのだ。ちなみに、その小姓たちは皆、ファラーシャが七翼へ連れてきた、もともと使っていた心得のある者たちである。

暇だからということもあるが、美貌を誇ってきたファラーシャの長年の習慣だった。

ナバトは、やがて唇にキスしてくる。

ファラーシャはされるがままに受け止めていたが、胸のほうへ手が伸びはじめると、それを摑んで押しとどめた。

「まだだめなんですか？」

「……」

発情期の疲れが抜けていないから、当分はおあずけだと言ってあったのだ。

けれども、それもそろそろ通用しなくなってきたようだ。

（……って、早すぎるだろ。まだ十日もたってないのに）

「……だいたい、発情期以外にやっても孕むわけでもないのに、する必要はないんじゃないか？」

「そうとは限らないと思いますよ」

「え？」

「オメガが感じれば感じるほど、アルファの男子を授かる可能性が高くなる——とも言われているでしょう。だったら、あなたに気持ちよくなってもらうために、テクニックを学ばないと。それに何より、あなたの身体のことをね」

「はあ？」

思わず声をあげてしまう。

「迷信は信じないんじゃなかったのか」

「信じたほうが都合がいいなら、信じますよ」

にこりとナバトは笑った。

「それに、こっちはまんざら嘘じゃないかもしれませんし」

「は？」

「母上が父上を愛してないのは事実ですが、閨《ねや》でどうだかまでは知りませんからね。もしかしたらそっちのほうが大当たりだったから、俺ができたのかもしれないでしょう？」

「おま、自分の親のことを……」

ナバトは肩を竦めた。

「可能性の話ですよ」

「生意気なんだよ、たいして上手《うま》くもないくせに」

「ひどいですね」

と言いながら、彼は笑みを浮かべている。

「あんなに感じていたくせに」

「！　発情期のオメガなんてそういうもんなんだよ！　自惚れるな」

「だったらなおさら練習が必要でしょう……！　だいたい発情期しかあなたを抱けないなら、俺は一年にせいぜい四十日程度しか交合できないことになるんですよ」

「だから何だよ？」

つん、と顔を背ける。

だがたしかにオメガの発情期は年四回、それぞれ十日足らずだ。他に妾妃を持たないと約束しているナバトにそれだけで我慢しろと強いるのは、ひどい話ではあった。

「……浮気しますよ？」

ナバトは拗ねたような口調で言う。噴き出しそうになる反面、その言葉は少しだけ、ファラーシャの胸に引っかかった。

「したければ、すればいいだろ？　誓いを破るってんなら、こっちにも考えがあるけどな」

「ああもう、しませんってば」

ナバトはぱたりとソファに背を投げ出した。

「するわけないでしょう。こんな綺麗な人が傍にいるのに」

これだけ言いたい放題に言っても、ナバトは微笑っている。そして凝りもせず、腹這いになって、ファラーシャの帯にじゃれついてくるのだ。

「こら、また……」

ファラーシャは咎めたが、ナバトは喉で笑うばかりで、やめようとはしない。

扉を叩く音がしたのは、そんなときだった。

顔を上げ、ナバトが問う。

「誰だ?」

幼い声が返ってきた。

「タヴィール様から、ファラーシャ様へのご伝言を預かってまいりました」

「母上から?」

タヴィールというのは、ナバトの母の名だ。それは七翼に来る前から、ファラーシャも知っていた。

「入れ」

タヴィール付きの小姓が入ってきて膝を折る。

「タヴィール様からファラーシャ様へ、明日の昼食にいらっしゃいませんか、とのことでございます」

「昼食……」

ナバトの母からの招待だった。

「やれやれ、母上もせっかちなことだ。正式な紹介もまだだっていうのに、あなたに興味津々《しんしん》みたいですね」

ナバトは起き上がり、肩を竦めた。

「どうします? 断ってもかまいませんよ。俺は明日も出仕ですからつきあえませんし」

興味があるのは、おそらくファラーシャにというよりは、息子が連れてきたオメガが性悪でないかどうか——それを確かめたいだけなのだろうけど。

ファラーシャはナバトの正妃になったわけではな

いし、絶対に母親と会わねばならないということもないだろう。

というか、ファラーシャの感覚からすれば、わざわざ息子の妾に会おうとするほうがおかしく思えるくらいだった。

断って、このままずっと会わずに済ませようと思えばそれもありだろうけれど。

「……別に、食事くらいかまわないけど」

「そうですか？　嫌がるかと思いましたよ」

「他にすることもないからな」

気まぐれを起こしたのは、ちょっとした好奇心からだった。

国王を愛さないままアルファの王子を産んだオメガ——ナバトの母に、ファラーシャは少しだけ興味を持ったのだ。


(こんなやつだったとは……)

金糸の織物や、凝りに凝ったモザイクタイル、外国製の高価な花器や花などで目一杯に飾られた居室の奥のソファに、タヴィールは小姓たちに傅《かしず》かれて座っていた。

「おまえが、ナバトの後宮に新しく入ったオメガか」

一段高くなった場所から、高飛車に問いかけてくる。

ちら、と盗み見たところでは、タヴィールはナバトと同じ黒髪に黒い瞳の男だった。

どちらかといえば童顔で、立派な衣装で着飾ってはいるけれども、とりわけ美しいわけではない。寵愛は特に深くなかったという話にも、正直さもありなんと頷ける。

昔、会ったことはあるはずだが、記憶はあまりなかった。従兄弟たちとはまだしも、その母たちとの交流は、もともと薄かった。

「……はい。ファラーシャと申します」

ファラーシャはナバトの妾という立場上、仕方なく彼の前に跪《ひざまず》いて顔を伏せていた。

にもかかわらず、

「頭《ず》が高い！」

と、タヴィールは叱りつけてきた。

（くそ……っ）

ファラーシャは思わず舌打ちしそうになった。

（やさしいんじゃなかったのかよ!?）

——俺の母上は、やさしいですよ
ナバトの科白《せりふ》を思い出しながら、自棄《やけ》のようにさらに低頭する。

「まあよい。ともかくこれからは、毎朝ここに挨拶に来て、わらわに叩頭《こうとう》するように」

「はぁ……!?」

ファラーシャはつい声に出してしまった。

「なんで俺がそんなこと……!?」

「頭が高いと言っておろう……！」

ぴしゃりと言われ、仕方なくファラーシャはまた頭を伏せる。

「何故なら、国王陛下《へいか》の尊いアルファの王子、ナバトを産んだこのわらわが、七翼で一番尊いからだ」

「は……？」

「七翼のどこかでわらわとすれ違うことがあれば道を空けてひれ伏し、呼びつければすぐに飛んできて相手をせよ」

「あの……」

「嫁が姑に仕えるのは、当たり前のこと。よいな？」

「よ、嫁……!?」

後宮に入ったとはいえ、ファラーシャはナバトの妃《きさき》ではない。オメガは嫁とは違うだろうという抗議の思いは、タヴィールの耳には届かなかったようだ。

「わらわより偉くなりたければ、ナバトと仲良くして早く子を産むよりほかはない。心せよ」

そう言って、タヴィールは高笑いした。

（そりゃあ産むつもりではいるけどな……！）

どうしてそこまで言われなければならないのだろう。

しかも「わらわ」なんて、豪商とはいえ商人風情の子が、何を気取っているのか。

そもそもナバトとだって共闘関係を結んだだけで従属したつもりはないし、むしろこっちが主人と言ってもいいくらいなのだ。そのことは最初に確認済みだ。

なのに何故、その母に仕えなければならないのか。第一、身分も血筋ももとはといえばこちらが遙かに上なのに。

「ところでその衣装」

タヴィールの言葉はまだ止まらなかった。

「ナバトのオメガとして、ふさわしくないと思わぬか」

どこが、とファラーシャは自分の衣装を見下ろす。

(品がないとでも言うつもりか?)

四翼にいたころと、だいたい似たようなものを着ている。腹部を覗かせてはいるが、上半身はそれ以外隠し、下はゆったりしたズボン状になっていて、むしろ露出は少ないほうだ。

「……お言葉を返すようですが、これはナバトが用意してくれたもので」

ナバトの部屋へ連れて行かれたとき、ファラーシャは踊り子に身をやつしていたし、襲ってきた男たちとの格闘でその衣装もだいぶ傷んでいた。しかもその後の行為でさらに使用にたえない状態になってしまったために、急遽《きゅうきょ》彼が贈ってくれたものの一枚なのだ。

「口答えするでない！」

だがタヴィールは皆まで言わせなかった。

「ナバトがなんと言おうが、オメガである以上、常にアルファを誘う姿でいるのが義務というもの。もっと大胆に！　ズボンはもっと下げて腰で穿き、上半身は透ける布で常に乳首があらわになるように——」

「――できるか!!」

ファラーシャは思わず遮った。

色気を強調した服を着こなすことには自信があるが、品位を失うのはごめんだった。オメガではあっても、娼婦《しょうふ》ではないのだ。

「黙って聞いていればいい気になって……」

ファラーシャは、呑み込んでいた言葉を迸《ほとばし》らせた。

「いいか、ナバトからどこまで聞いてるか知らないが、俺はもともと現国王の兄の血筋。今の王が父上を陥れたりしなければ、今ごろは俺が一翼の主人だったはずなんだ。ナバトより正統で高貴で、どうしてもと乞われたから七翼に入ってやっただけで、あいつにもあんたにも仕える筋合いなんてないからな……! 色気で王を誘惑して成り上がった商人風情とは、俺は違うんだよ!」

さすがに言い過ぎた、と思った。だがファラーシャは、どこか妙にすっきりしたような感覚を覚えていた。ずっと澱《おり》のように溜《た》まっていた何かを吐き出したかのようで。

「……ひどい」

だが聞いていたタヴィールは、今までこれでもかというほど高慢だったにもかかわらず、いきなり子供のようにソファに泣き伏したのだ。

「え、ちょ」

「ひどい、まるでわらわが淫乱みたいに……!」

違うのかよ、とつい言いかけたが、大声で泣きわめかれてはそれどころではなかった。

(あんなに偉そうだったくせに、いきなり小娘みたいに……っ)

聞きつけて小姓たちが駆けつけてくれれば、大騒ぎになってしまう。ファラーシャは焦ったけれども。

「わあああっははは……っ」

「え……?」

途中からふいに声が変わった。

泣き声が、笑い声に。

「あんた、いったい」

「楽しかった！　いつかナバトにお嫁さんがきたら、絶対やってみようと思ってたんだ、嫁いびりごっこ！」

「はああっ!?」

　タヴィールは涙を——おそらくは笑いすぎて滲《にじ》んだ涙を拭いながら、顔を上げた。

　ファラーシャは耳を疑った。

「じゃあ、今のは……」

　芝居？

「うん。お芝居」

　タヴィールは頷いた。

「後宮ってほんと退屈だからさ、たまには何か刺激がないとね。せっかくナバトがオメガを連れてきたことだし、これを逃がす手はないと思って。僕も若いころは王妃様にいびられたから、一度いびる側をやってみたかったんだよね」

「僕……」

　呆然としながら、ファラーシャは呟く。

「ふだんから『わらわ』なんて言うわけないじゃない？」

　それはそうかもしれないが。

　振り返ってみれば、たしかに高飛車さがなんとなく芝居がかっているというか、板についていないようには感じていたのだ。成り上がり故《ゆえ》かと解釈していたけれども、そもそも本当に芝居だったなんて。

「ごめんね、つきあわせて。びっくりした？」

　したに決まっている。「やさしい」はずのナバトの母が、実は高飛車な鬼婆だったのかと思った。だがさらにその先があったのだ。

（こんな妙なやつだったなんて）

　思いもしなかった。

　ファラーシャはこれからのつきあいを思い、頭を抱えた。

（でも……）

　ナバトの若い割には妙に鷹揚《おうよう》というか、動じないあの感じがどこから来たのか、ずっと不思議ではあったのだ。ファラーシャはその答えが、少しだけわかったような気もしていた。

タヴィールはソファから降り、駆け寄ってきて、ファラーシャの手を取った。

「いろいろ言ったけど、本気じゃないからゆるして？」

調子のいいことを、と思う。しかし腹は立つが、ここでナバトの母と揉めても何もいいことはない。いや、腹を立てるだけ馬鹿馬鹿しいと言うべきか。

「……まあ、俺も言い返したからな」

「ありがとう」

にこりと彼は笑った。笑顔は少しだけナバトに似ている気もする。

「あ、でもナバトと仲良くしてやって欲しいのは本当。……してくれる？」

自分もオメガだとはいえ、オメガに対してアルファの息子をよろしくと頼む。屈託がない……とでも言ったらいいのだろうか。

「……できる限りは」

「あと、僕のところにも遊びに来てくれる？　叩頭はしなくていいから、絶対！」

「！」

ぎゅっと両手を握り、タヴィールは見上げてくる。彼はファラーシャより頭半分ほど小柄だ。

「ナバトが言ってたとおりだ」

「え？」

「ファラーシャは昔から綺麗だったけど、今はもっと凄く綺麗になってるって。顔は勿論、髪とか肌とかも。僕は生まれたときから平凡で、あんまり容姿を褒められたことがなかったから、綺麗な人って憧れる」

と微笑う。

「不自由なことがあったら、何でも言ってね。ナバトのことでも、何でも相談して。たった三人しかいない家族なんだから、仲良くしようね」

「家……族」

その言葉に、ファラーシャはなんだか喉が詰まるような感じを覚えた。

タヴィールは何か誤解している。

「……俺は妃になったわけではないので……」

「たしかに正式に結婚するには国王陛下の許可がいるけど、ナバトは後宮に他の子は入れないと言っているし、ほぼ妃のようなものでしょう」

「いや、でも」

アルファの王子は、正妃にはアルファ女性を娶るものと決まっている。

ナバトはその気はないとは言っていたが、そんなに簡単に伝統を破れるものなのかどうか。

それに、ナバトはたしかにオメガを増やさないとも言ったが、それは多分、ファラーシャがアルファの王子を産めればの話だ。

口で何を言っていようが、ナバトもまた玉座を狙う一人なのだ。ファラーシャの美貌と身分は気に入っていたとしても、だからといって、替えの利かない存在というわけではない。

(俺にとっても同じようなものだけど……)

約束したとはいえ、もし数年のうちにファラーシャがアルファの王子を産めなかったとしたら、お払い箱になるか、新しいオメガがやってくる可能性は十分にあった。

――たった三人しかいない家族なんだから……

(もし、四人目がきたら?)

――四人きりの家族なんだから……

(とか?)

タヴィールなら無邪気にそんなことを言いそうで、嫌な想像にもかかわらず、ファラーシャは噴き出しそうになってしまった。

(ありうるな……)

だが、そんな屈辱を味わうのはごめんだ。

そのときは、七翼を出て行くほかはない。

「……?」

怪訝そうな顔をするタヴィールに、何も、と首を振る。

「そ？」

　じゃあ、昼御飯にしようか、とタヴィールは言った。

「遅くなっちゃってごめんね」

　それを合図に、まだ幼い小姓たちが入ってきて、昼食の支度《したく》をはじめた。


　夜、帰ってきたナバトにタヴィールとの顛末《てんまつ》を話すと、彼は声を立てて大笑いした。

「まあ何かやるんじゃないかとは思ってましたけどね、そうくるとは思いませんでした」

　と、滲んだ涙を拭う。

「まったく……わかってたなら警告ぐらい入れろってんだよ」

「すみません。どうか機嫌を直してください」

　頬に口づけてくる。

「……別に機嫌が悪いわけじゃない。けど、あれはやさしいっていうのか？」

「やさしいのはやさしいと思いますよ。まあ、驚いたでしょうけどね。特に、あなた割と真面目だから」

「真面目？　俺が？」

　言われたことがなかった。どちらかといえば、これまでずっと性悪扱いされてきたのに。

「はっ、何言ってんだか」

　まあたしかに、タヴィールに比べればある意味真面目なのかもしれないけれども。

　だが、ナバトは言う。

「真面目だと思いますよ。今も、ゲームにつきあってくれてるし」

　二人のあいだのテーブルには、赤と黒の駒を載せた高価な翡翠《ひすい》の盤があった。

「絶対いやだと言えば、拒否することもできたのに」

「おまえが挑発したんだろ」

——七人抜きはできても、俺が相手だと自信がありませんか？

と、ナバトは言ったのだ。

——馬鹿言うな

——じゃあ、決まりですね。俺が勝ったら、抱かせてください

——俺が勝ったら？

——そうですね……。何でも好きなものを買ってあげるっていうのは？　何が欲しいですか？　宝飾品とか？　きっと何を身につけても似合うでしょうね

——こんな大きなダイヤでも？

——楽しみですね。着飾ったあなたがどれほど美しいか。それを見るのは、俺の喜びでもありますよ

——……

そんなことを口にして、よく歯が浮かないものだと思う。けれどもナバトは心底楽しげに見えた。

本当は、身を飾るものなどさほど欲しくはなかった。後宮に自分ひとりなら、競う必要もないからだ。

——城でも？

——城か。それはだめです

——さすがの財力も追いつかないか

——俺は七翼に住まなければなりませんからね。あなたが離宮へ行ってしまったら、離ればなれになるのがいやなだけですよ

——……ばっかじゃね

さらりとそんなことを言われ、何故だか頬が火照《ほて》った。

少しずつお互いを知り、打ち解けていく。

身体と一緒に、心までは溶かされたくないのに。

「うーん、やっぱり強いですね、あなた」

と言いつつ、ナバトはどこか余裕の笑みを崩さなかった。

「そんなの最初からわかってただろ」

「まあね」

象の駒を指で弄《もてあそ》びながら、ナバトの視線はファラ

ーシャにある。

「でも、俺もけっこう強いんですけどね」

その目が妙にいやらしいのが気にかかる。服越しに身体の線を舐めるようだと思う。

ナバトが駒を盤上に打った。

「あ」

思わず声が出た。ナバトの手は、ファラーシャが思いつきもしていなかった妙手だったのだ。

一気に追い詰められたような気がして、真剣になる。

「ファル、……あなた」

ふと、ナバトが言った。

「セックスが嫌いなんですか？」

何気ないようにかけられた問いに、胸を突き刺されたような感じがした。

（そんなこと、誰にも聞かれたことないのに）

「……っ、別に」

なるべくさらりと答えたけれども、ナバトには伝わってしまう。

「そんなに色っぽくて、上手《じょうず》なのに」

ファラーシャは無意識に手を握り締めた。

「あなたの番ですよ」

「わかってる」

無造作に駒を置き、置いた瞬間、失敗したと気づいた。

ファラーシャは頭を抱えた。

これはもう、投了するしかない。つまり、ナバトに抱かれるしかない。

そう思いながら、顔を上げかけたときだった。

「え？」

盤上を見れば、ナバトの駒が妙なところに置かれている。

完全に負けたと思っていたのに、あと一手でファラーシャが勝てるようになっていた。

「どうしたんです？」

「え、いや……」

よくわからないまま、促され、駒を動かす。

「やられましたね。投了です」

ナバトが肩を竦めて言った。

「残念」

「……」

（ナバトが勝っていたはずだったのに？）

譲ってくれたということか。ファラーシャが、抱かれたくないだろうと思って？

（別に、そんなに嫌ってほどじゃない）

好きじゃないだけだ。

（どうせたいして感じないし）

発情期以外のときにまで、無駄に交合したいと思うほどには。

してもしなくてもいい――その程度のことなのだ、多分。

ふとタヴィールの言葉が耳に蘇ってきた。

――ナバトと仲良くしてやって
勝ちを譲られることも、セックスが嫌いだと思われることも屈辱だった。けれどそんな気持ちの中に、違う何かが混じっている。

「さて寝ましょうか」

ナバトは言い、ソファから立ち上がろうとした。

ファラーシャは、その上衣の裾をぎゅっと掴み、引き戻す。

「ファル……？」

別にタヴィールの言うことを聞くわけではないけれども。

ナバトは共闘相手として悪くないアルファの王子だ。

後宮に他のオメガを入れないと約束させたのだから、発情期以外させないというのは、少々――そう、可哀想《かわいそう》なんじゃないか。

（ちょっと試してみたい気もするけど）

本当に浮気――というか、他に手を出さずにいられるのかどうか。

ファラーシャは、ナバトをソファの上に押し倒す。

「しょうがないから相手してやるよ」

そして彼の上に身を乗り上げた。

4

ファラーシャは七翼後宮で、ナバトのただ一人のオメガとして召使《めしつか》いや小姓たちに傅かれ、下へも置かぬほど大切に扱われた。

その環境は、伯父の家とも四翼とも異なる。

実家では常に母親の繰り言と伯父の嫌味を聞かされていなければならず、棘《とげ》の檻《おり》に閉じ込められているかのようだった。

大切に保護されているというだけなら四翼も変わらなかったけれど、他のオメガがいないのは、やはりとても大きな違いだった。

他のオメガがいなければ、鞘当《さやあ》てもヒエラルキーも生まれない。神経を苛立《いらだ》たせるようなこともなく、ゆったりと過ごせる。むしろ緩すぎるくらいだった。

誰に遠慮する必要もなく、誰の面倒を見る必要もない。好きな時間に寝て起きて、食べたいものを言えば、どんな贅沢なものでもすぐに運ばれてくる。

大変な金がかかっていると思われたが、それを咎める――というか、気にする者は誰もいなかった。

(まあ、金はあるんだろうし、俺の知ったことじゃないけど)

むしろナバトは面白がっているようだ。

――よくそんな食べ物、知ってますね
などと笑う。知っているというか、本で読んだだけだ。

料理人でも知らないようなものだと、ファラーシャに詳しく説明させ、絵まで描かせて、ついには厨《ちゅう》房《ぼう》まで連れて行って自らつくりはじめたので唖然《あぜん》とした。

――俺は手伝わないからな!

料理なんて王子の仕事ではない。

――いいですよ。じゃあ、あなたは味見係に任命

します
——けど、それ明らかになんか違……絶対まずいだろ!?

——ははは、まあまあ。ほら、あーん
(子供か)

ナバトに振り回され、毎日何が起こるかわからない。

けれども子供っぽい反面、ナバトには歳の割にずいぶん大人なところもあった。

ファラーシャがどんなにきついことを言っても、軽くいなされてしまう。彼の感情を思い通りに揺さぶることができないのが、腹立たしいくらいだった。

本来なら、ナバトの母タヴィールには虐げられても不思議はなかったのだろうが、彼にはそういう強権的なところがまるでなかった。

退屈しているのか、ほとんど毎日のように昼食に招いてくる。

ちなみに、夜はない。

——遠慮してくれてるんだと思いますよ
と、ナバトは言う。

(別にいいのに)

もともと愛しあっているわけではないから、特別睦《むつ》まじく過ごしているわけでもないし、気を使ってもらう必要は、あまりない。

(ナバトはじゃれたがるけどな)

招かれたいわけでもないから、どっちでもかまわないのだが。

タヴィールは無邪気で、どこかジブリールを思わせるところがある。ファラーシャにとってはむしろ苦手なタイプだし、そもそもあまり会う必要もない相手だ。

(俺がタヴィールなら、息子の妾なんて放っておくけどな。少なくとも王子を産むまでは)

——たった三人しかいない家族なんだから……

などというタヴィールは、ファラーシャから見るとひどく不可解だった。

「ナバトはね、子供のころから可愛かったんだ。覚えてる？」

タヴィールの話題はナバトのことが多い。

ファラーシャは幼いナバトを知っているし、顔ぐらいは覚えているけれども、彼のことに限らず昔の記憶は曖昧なことが多かった。

「絵があるんだ。見て見て！」

などと、ファラーシャが何も言わなくても、何枚も取り出してきて見せる。

国王のことは愛していないのかもしれないが、息子のことは本当に可愛がっているのが伝わってくる。ファラーシャに何かとかまってくるのも、息子への愛ゆえなのだろう。

（……俺の母上とは全然違うな）

そもそもファラーシャは、オメガと判明してからの肖像画など、ただの一枚も描かれたことはなかった。

「これはね、五歳のときの」

（ああ……）

たしかにこんな顔をしていた、と思う。ナバトは幼児であるにもかかわらず、賢そうなくるくるとした瞳をしていた。とても可愛かったのだ……と、じわりと思い出す。

「可愛いだろ？　ね？」

「……まあ」

まだ第二性別は判明していなかったはずだが、アルファらしい快活さに溢れて見えた。

（このころは、けっこう一緒に遊んでたんだっけ……）

覚えているような気もするが、具体的なことははっきりとは思い出せない。

「ナバトは、小さいときからどことなくアルファっぽい雰囲気があったんだけど、本当にそうだってわかったときは凄く驚いたよ。まさか僕の産んだ子がアルファだなんてね」

と、タヴィールは言った。

「とは言っても、上にアルファの兄上が何人もいらっしゃるし、玉座なんて関係ないと思ってたんだけど……、陛下が突然あんなことを言い出して……」

「やっぱり意外だったのか？」

「勿論。もうびっくり」

ちなみに言葉遣いについては、身分や立場を考えるのが面倒だというタヴィールの意見で、私的な場では敬語は取り払うことになった。

ファラーシャとしては馴れあうようで気が進まなかったが、いちいち訂正されるうち、ついには面倒になって普通に喋るようになっていた。

「ナバトの成人に合わせて、実家の兄たちが正妃にふさわしいアルファの女性を探したりしてたんだけど、そういうことならオメガを先に探すべきじゃないかとか大騒ぎしはじめて。当のナバトは、後宮を持つことにまだあまり実感がないみたいだったんだけどね」

少し意外だった。ナバトはもっと積極的にオメガを探していたのかと思っていた。

最初はそうだったとしても、あとになって気が変わったのだろうか。玉座がかかっているのだから、そうなるのが自然な流れだ。

「それが急に自分でオメガを連れてきて、またびっくり」

と、タヴィールは笑った。

「ファラーシャだってわかって納得したけどね」

「どうして？」

タヴィールはまた絵に視線を落とした。

「このころのこと、覚えてない？」

「……あまりはっきりとは……」

というか、子供時代の記憶自体がファラーシャの中でひどく曖昧だ。

「昔のことだし……」

「そうか。ナバトも可哀想に」

と、タヴィールは苦笑する。

「ファラーシャにはずいぶん懐いてたんだけどな。

顔を見ると駆け寄っていって、膝に乗せてもらうのが好きで……」

「へえ……？」

そんなこともあったのだろうか。

（そういえば、ナバトも言ってた……ような）

――昔は、俺のほうがあなたの膝に乗せてもらってたんですけどね。……覚えてますか？

初めての夜にたしかそんなことを。

――なのに、今は俺があなたを膝に抱いてるなんて
（思い出せないけど……）

そのときふと、何かが瞼に浮かびかけた気がした。

ファラーシャはたぐりよせようとしたが、すぐにそれは霧のように掻《か》き消えてしまう。

「ファラーシャ……？」

タヴィールに呼ばれ、はっと我に返った。つい考え込んでしまっていたようだった。

「あ……いや、……よく覚えてなくて……」

「仕方ないよ。昔のことだし、あのあと、いろいろあったから……」

そう、たしかにいろいろなことがあった。

ファラーシャがオメガだとわかり、叔父が父を陥れ、父が死に、孔雀宮を逐われた。

（ああ……もしかして、覚えてないのはそのせいなのか……）

子供のころのことをよく思い出せないのは、ずっと昔のことだからだと思っていた。

けれども、時間のせいだけではなかったのかもしれない。

オメガと判明したあとの激動の数年間。そして自分たちをそんな目に遭わせたのが、仲の良かった従兄弟たちの父親だということ、嫡流と傍流が逆転したこと――。

そういうすべてが、ファラーシャの記憶に蓋をしてしまったのかもしれない。

初めてそのことに思い至った。

「ファラーシャが王家の子供たちの集まりに来なくなったときには、ナバトはずいぶんしょんぼりしていたんだよ」

と、タヴィールは言った。

「ナバトが……」

あのときのファラーシャは、現国王の一族はすべて敵になったように感じていた。

けれどナバトは、自分がいなくなったことを悲しんでくれていたのか。

幼いナバトの素直な気持ちを思うと、ふわりと胸が温かくなったような気がした。

（五歳かそこらの子供には、大人の思惑なんて関係ないもんな……）

「……あ」

「え？」

ふと、再び脳裏を過った光景があった。

湖の畔《ほとり》に座る少年の自分と、向こうから駆けてくる黒髪の小さな男の子だ。

――ファル……！

（そうだ……思い出した）

ナバトがファラーシャのことをそう呼ぶのは、今にはじまったことではなかったのだ。

あの綽名《あだな》は、まだ幼くて長い名前を言えなかったころのナバトがつけたものだった。

あのころの自分がナバトを可愛がっていた実感が、ファラーシャの中にようやくわずかに蘇りはじめた。

従兄弟たちと集まって遊ぶとき、纏わりついてくる彼を膝に乗せ、菓子を食べさせたりゲームを教えたりしたこともあった。

いや、ファラーシャの膝は、むしろナバトの定位置だったのだ。

なのにまったく思い出せずにいたことに、さすがに罪悪感が湧く。

そういう自分に再会して、ナバトは何を思ったことだろう？

「タヴィール様」

小姓がやってきたのは、ファラーシャが半ば呆然としていたときだった。

すべてに緩い七翼では、特に畏《かしこ》まった席でなければ、主人が客と話していても、召使いが普通に割り込んでくる。

小姓はタヴィールの前に跪き、数枚の紙を差し出した。

「商会から今月分が届きました」

「あ、そう」

同時に別の小姓がペンとインクを運んできた。

タヴィールはろくに見もせずに、次々とそれに署名する。

小姓は書類を受け取ると、膝を折って去って行った。

「今のは?」

「請求書。出入りの商人たちが、一月分を纏めて持ってくるんだ」

「……見もせずにサインを?」

「どうせよくわからないんだよね。以前はいろいろ取り仕切ってくれてたオメガがいたんだけど、彼が辞めてからはいい加減になってしまってて……。兄上たちが次を探してくれてはいるけど、後宮は新しい人を雇うのも何かと難しいから」

たしかに、オメガのいるところに安易に成人は入れられないし、子供には会計管理はまかせられない。

(タヴィールは、いくら嫌いでも国王につがいにされてはいるだろうから、他の相手にフェロモンを出すことはないんだろうけど……)

いずれナバトの後宮にも多くのオメガが入ることを想定して、人を雇うことに慎重になっていたのだろうか。

「まあ多少甘くても、陛下からは十分なお手当があるし、もし足りなくなっても兄上たちがいくらでも出してくれるから」

(たしかに、実家は大富豪なんだしな)

と、ファラーシャは運ばれてきた料理を見下ろす。

今日も昼から、とても食べきれないほどの豪華さだ。

「さ、そんなことより、ごはんごはん」

「あ、ああ……」

（俺が気にしてやるようなことじゃない）

それは余計なお世話というものだ、とファラーシャは思った。


……のだが、七翼の会計は、いつのまにかファラーシャが管理するようになっていた。

ふと請求書を覗いたら、ずいぶんいい加減に水増しされていることがわかり、つい手を出してしまったのだ。

調べてみると、使途不明金も巨額だった。金があるから回っているものの、いつまでもこれでいいわけがない。

そこからはじまって後宮の雑事まで、やがてすべてを引き受けるかたちになってしまって。

（なんで俺がこんなこと？）

後宮のオメガなんて、小姓たちに傅かれ、のんびり優雅に遊び暮らすのが仕事みたいなものではなかったのか。

実際今までそうだったし、それで何の不満もなかったのに。

そもそも、身元ははっきりしているとはいえ、七翼に来たばかりのオメガをそんなに信用してしまっていいのかとも思う。これでは横領だってし放題なのに。

（まったく、緩いったら）

なのにナバトは、

「ありがとう。とてもたすかります」

などと素直に礼を言ってくるのだ。何故だかそんな言葉に、ファラーシャは胸を突かれたような気がした。

（……そういえば、人に感謝なんかされたこと、あったっけ?)

とふと思う。いや、そんなことはどうでもいいけれども。

「……ともかく、おまえたちはぼうっとしすぎなんだよ、いくら金持ちだからって」

「あなたも、そういうことを気にするタイプだとは思いませんでしたけどね」

「じゃあ何だと思ってたんだよ?」

つい興味が湧いて聞いてみる。

「人を顎で使うのが好きな女王様かと。――痛っ」

揶揄《からか》うように笑うナバトの額を指で弾きながら、ファラーシャは自分でも不思議だった。

実際、家政に口を出すような真似《まね》をしたことは、これまで一度もなかったのだ。

伯父の家でも四翼でも、出る幕がなかったということもあるが、そもそも思いつきもしなかった。読み書き計算は完璧だが、別に帳簿を見るのが好きというわけではないのだ。

ファラーシャはふと、ジブリールのことを思い出す。

四翼で、ジブリールは自分から仕事を見つけ、小姓たちに字を教えはじめたり、イスマイルの手伝いやら何やら、面倒なことに手を出していた。

ファラーシャはとてもそんな気にはなれず、馬鹿じゃなかろうかと思っていたのに。

(なのに、今は)

ついこんな「仕事」を自らつくってしまっている。

この違いは何なのかと思う。

「まあ、退屈しのぎにはなるし……」

小姓たちに傅かれるだけで何もせずにいるのも、飽きがきていたと言えばそうとも言えた。

「俺がいないあいだ、寂しいですか?」

「なんだよ、いきなり」

突然の問いに、つい手を止めてしまう。二人のあいだには、今日もゲーム盤がある。

――おま、毎日やるつもりなのか!?

あの翌日も勝負を挑まれ、ファラーシャは愕然としたけれども。

——若いですから
と、ナバトは当然のように答えたのだった。

——あなたがどうしてもいやだと言うのなら、やめますよ？

いやだと言えなかったのは、意地か、それとも。以来、毎日勝負して、ナバトが勝てば身体をゆるしている。

「退屈だって言っただけだろ」

「それだけ？」

「だからそう言って……あ」

話に気を取られて、ついあらぬところに駒を置いてしまっていた。

一度手を離したら、置き直せないのがルールだ。ナバトは喉で笑っている。

「俺の勝ちですね」

自業自得だとため息をつきながら、ファラーシャは席を立った。

いつものように、ナバトの上に跨がる。

「ちょっと待って」

服をくつろげようとしたファラーシャを、ナバトが制止した。

「なんだよ、今夜はやめておくか？」

「しますけど」

あっさり答えるところに若さを感じる。

「でも、たまには俺の好きなようにさせて欲しいんです」

「不満だって言うのかよ。この俺がサービスしてやってるっていうのに」

「不満っていうんじゃないですけどね。あなたの中、凄く狭くて熱くて気持ちいいし、腰遣いもね……」

と、尻を撫でてくる。

「でもそれだけじゃ練習にもなりませんし、何より俺も、もっとあなたにさわりたいんです。発情期以外のときも、——いつでも」

熱っぽい囁きだった。

発情期には、どうせどんなこともさせているのだ。拒否する理由など別にない。けど。

「さわって感じさせようって？　十年早いって言うんだよ」

「十年後じゃ遅いですよ、いくらなんでも」

たしかに、一日も早くアルファの男子をつくらなければならないのだ。ナバトの言うことにも一理あった。

ソファの上に押し倒される。ナバトを見上げる体勢になると、彼をひどく大きく感じる。昔のナバトを思い出したところだけに、その変化に戸惑いと、恐ろしさのようなものを覚える。

ファラーシャは、つい目を逸らした。

彼の手が、上衣とズボンのあいだのあらわになった肌に触れ、ファラーシャはびくりと身を竦める。

そのまま上衣を捲り上げられ、抜き取られた。

（……別にかまわないけど）

何度も情交した相手に、好きなようにされるくらいは。

これまでにも最中には何度もナバトはファラーシャの身体に手を伸ばしてきたし、男は初めてだったとは言っても、そう下手《へた》ではないのもわかっていた。

「……あなた」

と、ふいにナバトの手が止まった。

いつのまにかぎゅっと閉じていた瞼を上げれば、ナバトは怪訝そうに首を傾《かし》げていた。

「な――ん、だよ？」

「……別に何でも。……ただ、もし俺があなたの嫌なことをしたら、言ってくださいね」

「好きなようにしたいんじゃなかったのかよ」

ファラーシャは鼻で笑ったけれども。

「あなたが嫌なことなら、俺もしたくないですから」

「――……」

その二つは矛盾しているようにも思えて、なんと答えたらいいか、わからなくなる。

「俺はあなたに気持ちよくなってもらいたいんです。お互いの好きなことも嫌なことも、覚えるべきでしょう？」

「それは……」

アルファの男子を孕むために性的快感が必要なら、そのとおりではあった。

「あなたが嫌だと言ったら、やめますから」

「やめる？　今すぐでも？」

まだ先端さえも挿入していないのに？

「ええ」

あっさりと、ナバトは答えた。本気なのかどうか、瞳には笑みさえ浮かんでいる。一瞬、試してやろうかと思ったけれども。

「――別に嫌だなんて、最初から言ってないだろ」

「よかった」

ナバトは笑った。

ファラーシャの胸に唇をつけてくる。鎖骨を軽く噛み、舌を這わせて、少しずつ、少しずつ下がっていく。

「……面白いのか？　そんな何にもないところ……」

「ええ、とても。……あなたの肌、全部舐め尽くしてしまいたいくらいですから」

「変態」

「ひどいですね」

少しずつ降りてきた舌は、やがて乳首へと近づいていった。

（くる）

と思って身構える。けれども、ふれなかった。まわりをくるくると舐め、つけねにふれるかふれないかのところまで来て、またゆっくりと離れていく。

「……っ」

焦《じ》れったさに腰が浮いて揺れた。

「ん……っ！」

繰り返されるうち、ふれられもしていない乳首がぴんと尖《とが》ってきていた。

「いつまで、それ……っ」

「何？」

「だから、……」

いつのまにか、ファラーシャはまるで差し出すように胸を反らしていた。

「舐めて欲しいですか？　それとも、吸ってあげたほうがいい？　……こんなふうに」

「ぁっ――」

乳首のすぐ傍を軽く啄まれ、ぞくんと背を撓らせる。

「それとも噛んで欲しいんですか……？」

「や……っ」

ファラーシャはわずかに首を振る。けれどそんな言葉にさえ、想像してぞくぞくした。

「どうして？　ちょっと痛いのも気持ちいいでしょう？　……それとも、やめますか？」

やめろ、と言えば、ナバトは本当にやめるのだろうか。ファラーシャは何故だか試すことを躊躇う。

「……別に、……」

やめなくても。

ナバトは小さく喉で笑った。

「あなた、さっきから何度『別に』って言ったと思います？」

「あ……！」

ふいに――ようやく舐られて、ファラーシャは思わず声をあげてしまった。ナバトはそこを軽く吸い、舌先で転がす。

そして硬くなったところへ、歯を立てた。

「んあ……ッ」

びくん！　と腰が浮く。

「あ、あ……っ」

胸を――ほとんど乳首でさえない場所を愛撫されただけで、達してしまった。

自分でも信じられなかった。

乱れた呼吸のまま、呆然とソファに沈み込む。

「そんなに気持ちよかったですか？」

「馬鹿、黙れ……っ」

ナバトは喉で笑う。

「ここ、まだ真っ赤に尖ってますよ。……凄く、可愛い」

「あ……っ」

指で弾かれ、また声が出てしまう。

一方的に責められるのが嫌で、反撃してやりたかったけれど、思うように身体が動かない。

ナバトはファラーシャが放ったものを掬って、後ろに指を挿し入れてきた。

「ひん……っ、あ……っ」

そうしながら、また乳首を舐りはじめる。

「あ、ん、もう、そこ……っ」

抗議しようとすると後ろの指をうごめかされ、力が抜けた。

「あ、んん……っ」

ぐちゅぐちゅと淫《みだ》らな音がする。

「ん、あ、あ……っ」

「ここ、凄くいいんでしょ？　他のところと感触が違う。……少し硬くなってて……、腫れてるみたい」

「あぁ……っ」

あられもない嬌声《きょうせい》が抑えられない。

発情期でもないのに、と思うとひどく厭わしかった。

「またそこ……っ、あ……！」

敏感な場所を撫でられると、何も咥えていない奥がきゅんと締まる。

「あぁ……っ！」

指だけで、あっさりと二度目の絶頂を迎えさせられてしまった。

「可愛いですよ」

などと笑みを浮かべて見下ろしてくるナバトを、ファラーシャは睨む。

「嫌なんだよ、こういうのは……！」

「こういうのって、どういうのことです？」

「一方的に弄《いじ》り回されるみたいなのは……！」

ファラーシャにとってセックスとは、むしろ美貌に惹かれてきた相手を、自分が楽しませるものだったのだ。そしてその見返りに何かを得る。オメガとしての生存戦略だ。

そうでないセックスは、

（……怖い）

そう思ってしまって、すぐに否定する。

（怖いなんて、ただ嫌なだけだ）

「終わってから言われても手遅れですが……弄ってるわけじゃありませんよ」

と、ナバトは言った。

「可愛がってるんですよ」

「なんだよ、それ。年下のくせに……っ」

ファラーシャが詰《なじ》ると、ナバトは乳首に歯を立ててきた。

「あっ、それ、……っ」

びくびくと身体が跳ねる。

「も、やめ……っ」

「ここ好きなくせに、素直じゃないですね」

ナバトは顔を上げると、見せつけるように自らのものを取り出した。

ついそれを目で追ってしまい、ごくりと唾を飲み込む。慣らされた後孔がぞわりと疼いた。

けれどもナバトは、それを挿入しようとはしなかった。

かわりに、ファラーシャのものにぴったりと重ねる。その熱に、ファラーシャはまたびくりと震える。ナバトは纏めてそれをてのひらで包み込み、擦りはじめた。

「あ……っ、何、あ、あっ——」

「……熱いですね、どっちの熱かわからないくらい」

「ん……っああっ」

直接的な動きに、腰が勝手にナバトの手に合わせて揺れてしまう。

（またいく……っ）

どうしてこんなに簡単に達かされてしまうのかと

思う。けれども堪えきれず、吐精してしまう。

ナバトが唇を塞いでくる。夢中になって自分から舌を差し入れた。

「ん、ん……っ」

キスをしているだけなのに、後ろが勝手にひくついた。

(発情期でもないのに、なんでこんな……っ)

ナバトが変なことをするからだと思う。

堪えきれず、半ば無意識にナバトのものを握り、宛がおうとしたけれども、やんわりと阻止された。

「なんで……っ」

「俺の好きなようにさせる約束でしょう。あなたが、挿れてくれないと嫌だって言うんなら、そうしますよ?」

「……っ、いつまで続くんだよ、これ……っ」

いったい何回達すれば終わるのか。

「俺がイくまで、ですよ」

「え」

「俺はまだいってないですから」

ナバトはそう答えて、にこりと笑った。

「ねえ、ファル。決してひどいことはしませんから。俺にさわられることに慣れてください。一日も早く」


そんなことを延々と繰り返されて、いつ終わったのかさえ覚えていない。

目が覚めたときには、ナバトと一緒に風呂にいた。

「申し訳ありません。やり過ぎましたね」

と言いながら、彼はファラーシャの身体を大理石の台に横たえ、湯で洗ってくれた。

アルファの王子自らそこまでしなくていい、とも思ったが、自分でやると言っても指を抜かなかったあたり、助平心の延長だったのかもしれない。

ナバトの逞《たくま》しい身体がぼんやりと視界に映る。

(こんなに育って……)

ファラーシャは半ば無意識に、ナバトの腕にふれた。

(硬い……それに太さもけっこう)

あの幼かった子が、と思うと感慨深かった。

この十数年のあいだに少しずつ背が伸びて、肩幅が広くなって、しっかりした筋肉がついていったのだろう。その過程を見られなかったのは、ちょっと残念だった。

少年時代のナバトは、どんな男の子だったのだろう?

(タヴィールに言えば、当時の絵を見せてくれるだろうけど……)

なんて言えば?

どう言っても、冷やかされそうな気がする。

(まあ、どうせ頼まなくてもそのうち出してくるか……)

「ファル」

ふと、ナバトが呼びかけてきた。

「誘っているんですか?」

「は?」

気がつけば、いつのまにかファラーシャは、ナバトの腕をさすり、さらに胸へと撫であげていたのだ。

「まさか……!」

「じゃあ、俺の身体に興味が出てきました?」

「別に」

「もっとさわってもいいんですよ」

「もういい。疲れた」

手を放し、再び大理石の上に身を投げ出す。ナバトの忍び笑いには、聞こえないふりをする。

湯をかけられる気持ちよさと疲労とでうとうとするうちに、寝室へ連れて行かれ、ファラーシャは、次の日の昼まで眠った。

「よくお休みでしたね」

石榴《ざくろ》ジュースを運んできた小姓は言った。実家から呼び寄せたアメルは、小姓頭ともいうべき少年だ。

「タヴィール様からのご招待が来てますが、どうなさいますか?」

　それに応じる気力も体力もなく、断りの手紙を持たせると、アメルは返事を持って戻ってきた。

　頭に濡れた手拭いを当てたまま、目を開けるのも億劫《おっくう》で、返事はアメルに読み上げさせた。

　——お大事に。元気になったらまた来てね
　というような、ごくありきたりな内容だったが、意外と字の読める小姓は便利かもしれないと思う。

　夜には、幸いだるさも抜けた。

(これで済んだと思うなよ?)

　性懲りもなく求めてきたナバトの元気さに呆れながら、ファラーシャは再びゲームに応じた。

　そして今度は勝った。

　ファラーシャが勝てば、しなくていい。

　そういうルールではあったけれども、それではやり返した気がしない。

　ファラーシャはナバトのトーブの裾を捲り上げた。

「えっ? ちょっ……」

「俺が勝ったんだから、俺の好きなようにしていいんだろ?」

　戸惑うナバトにかまわず、ベッドに押し倒し、雄を取り出す。それは既にやや芯を持ちはじめていた。身体は正直だ。

　引き寄せられるように、ファラーシャはそれを咥えた。

「ん、っ……」

　ナバトが小さく呻《うめ》いた。

　ファラーシャはちら、と視線を上げる。そして彼の堪えるような表情に満足した。

「……サービスがいいですね」

　と、ナバトは言った。

　ファラーシャはそれに目だけで応え、より淫らに舌を這わせ続けた。

「……ふ、……っ」

　押し殺したような吐息が漏れ聞こえるのが、いいスパイスだった。

若いだけあって、ぐんぐんとそれは硬度を増し、膨れあがっていく。脈打つ血管の筋までわかる気がした。

「……ファル……」

伏せた頭に手を乗せてくる。ときおり動き、髪の毛に絡むのが、まるで撫でられているかのような感触だった。

次第に我を忘れ、出し入れが深くなる。喉の一番奥まで咥えて絞りあげる。

「ん、っファル……っ！」

強く呼ばれて、はっとした。

「もう、いいですよ」

「はん。だらしねーな」

ずるずると唇から引き出し、視線を上げる。

いつのまにか夢中になっていた自分のことは棚に上げて揶揄《やゆ》すれば、

「そっちこそ……っ。腰、揺れてましたよ」

「！」

ナバトは指摘してきた。

昨夜結局、変なふうに弄られたからだ。それもナバトのせいだと思う。

「それを見て興奮したんだろ？」

「まあ、否定はしませんけどね」

屹立したそれを見下ろす。それは、指で逆に反らそうとしてもびんと戻ってしまうほどの勢いがあった。

「……っ」

「たしかに若いだけのことはあるかもな」

「あなた……俺で遊んでるでしょう」

ファラーシャは喉で笑った。

ナバトには見せないよう、後ろから自分の服の裾を捲る。昨日解《ほぐ》すだけは解されたままのそこは、自ら探るまでもないほどだった。入り口にふれた瞬間、声が出そうになる。

その開いた場所にナバトの先端を宛がい、腰を落とす。

「ん、あああ……ッ」

一気に奥まで挿入させて、絞りあげる。

「……凄い、……硬い」

「気持ちいいですか？　……俺も」

ファラーシャは腰を揺らめかせはじめた。ナバトが前に手を伸ばし、ファラーシャのものを握ってくる。

ファラーシャは擦られる動きに合わせ、ナバトのものが中の感じるところに当たるように動いた。

「あ、あ、あ……っ」

ナバトに支えられながら、思いきり背を撓らせる。彼の舌が反らした胸の飾りを舐り、押しつぶす。歯を立てられると、腰の奥までびりびりと響いた。

「あ――……っ」

絶頂はすぐにやってきた。

「あ、あ……ッ」

後孔を引き絞る。それと同時に、ファラーシャはナバトの根もとをぎゅっと握り締めた。

「っ、え……っ？」

そして彼の戸惑った声を聞きながら、そのまま昇り詰める。

ファラーシャが吐精を終えても、ナバトのものは中でまだ脈動していた。

それを感じると、またぞくぞくしてしまいそうになるけれども。

「……ん」

ファラーシャは腰を浮かし、ナバトのものをずるずると引き抜いていった。

「え？　何……？」

ナバトはまだ何が起こったか、わかっていないらしい。

「おやすみ」

ファラーシャは満面の笑みで言い、背を向けてベッドに横たわった。

「ちょっ、ファル……!?」

「俺は達ったからな」

昨夜のナバトに当てこする。

「これで終わりなんですか!?　こっちはまだ全然元気なんですけど……!?」

慌てたナバトの声が心地よい。

前夜の疲労も手伝って、ファラーシャはそれを子守歌がわりに、そのまま熟睡した。


最初は、するかしないかを賭けていたものが、それからは勝ったほうが主導権を握る習慣へと変わった。

そんなじゃれ合うような夜の生活は、ファラーシャには初めての経験だった。

新鮮というか、ものめずらしい。

「もう二度と置いていかれるのはごめんですからね、勝つために手段は選びませんよ」

よほど懲りたのか、ナバトは盤外戦まで手を抜かない。

途中でファラーシャの好物を運び込ませて気を逸らせたり、ひっきりなしに冗談を言って笑わせたりする。

その程度の盤外戦に、たいした効果があるとは思えないのだが、うっかり引っかかることもないではないので、あまり馬鹿にはできなかった。

「おまえだって、自分が勝ったら好きなようにするくせに」

「俺はあなたを可愛がりたいだけですよ」

「生意気だっていうんだよ」

「あなたも、もっと俺のこと可愛がっていいんですよ？」

「もっと可愛かったら可愛がるんだけどな？」

(たとえば、五歳のころみたいに)

繰り返されるうちに、発情期以外の行為への抵抗は、薄れていった。

——慣れて

とナバトが言ったとおりに、慣れたのかもしれない。

身を委ねるのはお互いさまだ。いいようにされはしても、次に勝てば、こちらがナバトの身体で好きなように遊べる。身体を明け渡すのは同じだから、五分と五分だと思えた。

それに、たしかにナバトは、ひどいことは何もしなかった。

「でも、別の効果のほうが大きかったかもしれませんね」

ふと、ナバトは言った。

「別の効果？」

「あなたの笑顔がたくさん見られたことですよ」

そう言われて、このところたしかによく笑っていた――笑わせられているかもしれないと、初めて気づいた。

（……こんなふうに、毎日笑うなんて、今まであっただろうか？）


いや、そんなことに、たいした意味などあるわけでもないけれども。

ナバトは、勝つと必ず最初の日と同じように、ファラーシャの身体を丁寧に――むしろ執拗《しつよう》に愛撫する。

（そういうのは好きじゃないのに）

おかげで変に身体が敏感になってきたような気もする。

乳首にさわられただけで中が疼く。なのに、挿入されることはない。

それがナバトにとって、「ひどいことはしない」ということのようだ。

（いや……別に挿れたからひどいってわけじゃないだろ）

挿れたいと思わないのだろうか。

（いや、でも）

ナバトのものは常にいきり立っているから、そんなことはないはずだと思う。

（物足りない……なんて）

認めたくないけれども。

発情期になったら、ちゃんとするだろうか。

（しないわけないよな）

アルファの王子を産むために、ファラーシャは七翼にいるのだから。

（次の発情期まで、あと……）

指を折って数えてみる。

（あと一月足らず……か）

そしてはっとした。

（何数えてるんだよ、まるで期待してでもいるみたいに……！）

そうじゃない。ただ子供をつくらなければならないから気にしているだけだ。——アルファの王子を。

（……それにしても、あっというまだったな）

七翼から一歩も出ない暮らしだったにもかかわらず、まるで退屈しなかった。

毎朝ナバトと同じベッドで寝起きし、ファラーシャが手ずから世話を焼くわけではないが、小姓たちが彼の身支度を整えるのをぼんやりと眺める。

昼間は、何を言い出すかわからない姑擬きに呼び出されて一緒に昼食をとり、帳簿を見たり奥向きのことで指示を出したり、そのあいまに入浴して着飾り、ナバトが帰ってきたらゲームをして、ベッドをともにする。

そんなふうにして、あっというまに二ヶ月以上が過ぎていた。

次の発情期が近づいてくる。

それを迎える日を待つような気持ちになったのは、ファラーシャがオメガだとわかってから、初めてのことだった。

5

「はあ……!?」

昼に突然帰ってきたナバトが、しばらく七翼に戻れなくなると言い出したのは、そんなある日のことだった。

「何言ってんだよ、発情期が来るのにどうするつもりなんだ!?　間に合うのかよ?」

「戻るつもりですよ、絶対に」

とはいうものの、そう上手くいくかどうかはわからないようだ。

「父上からの直々の御命令なんですよ。逃亡犯を捕まえろってね」

「逃亡犯って、なんでおまえが?」

「軍警察のポストをもらったところですからね。一人前の仕事をしろってことらしいです」

「なんで断らなかったんだよ!」

「勅命ですから」

「だからって、アルファの王子をつくるのは、最優先事項のはずだろう!?」

「俺だって悔しいですよ。俺がどれだけ発情期を待ってたと思うんです?」

たしかに、ナバトを責めても仕方がない。国王の命令には、たとえアルファの王子といえども逆らえるわけがなかった。

「……いつ発《た》つんだ」

「今夜」

「急だな!?」

「目撃情報があったんだそうです。——俺がいないと寂しいですか?」

「……誰がだよ……っ。そういう問題じゃないだろ!」

「寂しいでしょう?　意地を張らないで、それくらい認めてくれてもいいんじゃないですか？　しばらく会えないんだから」

頬にふれ、重ねて問われて、ファラーシャは目を逸らした。

「……おまえはどうなんだよ」

「寂しいですよ。当たり前でしょう」

ナバトは素直に答える。その答えに少しだけ、沈んでいた心が浮き立つ。

（いや別に、沈んで、ってほどじゃないけど……！）

「……なるべく早く、そいつを捕まえて戻ってくるんだな」

「精一杯努めます。そうしないと、本当にせっかくの発情期を逃してしまいそうだ」

「目処《めど》がつかなかったら、今回は抑制剤を飲んで見送りだな」

「ええ!?　それは勿体ないでしょう!?　俺、絶対戻ってきますから！」

「状況次第だろ？」

仕事が終わっていればいいが、そうでなければ簡単に抜けられるとも思えない。

ナバトは深くため息をついた。

「父上もひどいことをなさる。せっかく待ちに待った発情期なのに。……俺、凄く楽しみにしてたんですよ」

「……うん」

「え、ほんとに!?」

ナバトがぱっと顔を上げる。

「……、別に何も言ってないだろ」

ナバトがあまりに残念そうだったから、ついつられてしまっただけだ。

けれどもナバトは引き下がらない。

「でもあなたも、少なくとも嫌じゃなかったんでしょう？」

「そりゃ……子供つくらなきゃならないからな」

「じゃあ、それなしでは？　嫌ですか？」

ナバトの瞳に促され、ファラーシャはつい唇を開く。

「……別にいやってわけじゃ……」

「よかった」

「何が」

「抱かれること自体が好きじゃないって言ってたでしょう」

「……別に言ってないだろ」

ナバトが勝手に察しただけだ。

ファラーシャは小さく息を呑んだ。

「特に、後ろから抱かれるのがいやなんでしょう？」

正直なところ、後背位が苦手だという自覚があったのかどうかさえ曖昧だった。考えたくなかったから、考えないようにしていた。

だけど後ろから行為を仕掛けられると、正面からの比ではないくらい嫌悪感が湧く。今想像しても鳥肌が立つ。身体は正直だと思う。でも、ナバトが気づいていたなんて。

「問い詰めたいわけじゃないんです。言いたくなかったら、何も言わなくていいですよ。――でも俺は、あなたのことが全部知りたいんです」

「……っ……」

「いったい何があったんです？」

言いたくなかった。口にするのもいやだった。思い出したくなかった。

それに、知られたらどう思われるか。

もともと純潔だなどとは毛ほども思われてはいないだろうけれど、それでも。

――あなたのことが全部知りたいんです
（なんて言ったって、知ったら幻滅するくせに）

今、ナバトが傅くように大切にしてくれるのは、ファラーシャの美貌と身分を尊重しているからだ。

――けれど実際には、そんなに「綺麗」なものじゃないとわかったら？

「……おまえに関係ない」

ファラーシャは突き放そうとした。だが、ナバトは引かなかった。

「あなたにとってはそうかもしれませんね。……でも俺は、……あなたに辛《つら》いことがあったのなら、俺も一緒に受け止めたいんです」

真摯《しんし》な瞳でナバトは見つめてくる。

「……っ」

彼は目を逸らすファラーシャの手をぎゅっと握った。

「ファル」

温かくて、でも力強い声で促してくる。こんなふうにまっすぐに希《のぞ》まれたことなど、これまでにあっただろうか。

「……俺が何を言っても……?」

「あなたへの気持ちは変わりませんよ」

(変わらない?　本当に?)

「く……」

口に出そうとすると、唇が震えた。

「……孔雀宮を出てから、伯父の家に世話になったんだ」

「……ええ」

「そして発情期が来た」

そう言っただけで、何か感じるものがあったのだろう。ナバトが目を見開いた。

「それって、まさか」

「いやなら、母親共々出て行けと言われた。他に行くところはなかったから、従うしかなかった」

「そんな卑怯な……っ!」

「ただで他人に何かしてもらおうってのも、甘いだろ」

ファラーシャは軽く笑った。

「伯父は後ろから犯しながら、何度も俺の首にさわった。——いつでも嚙める、だがそうしないのは、いつかアルファの王族か高官に高く売りつけるためだと」

「なんてことを……!!」

ナバトは声を荒らげた。

「しかも実の伯父なのに!?」

「オメガなんて甥だと思ってなかったんだろ。オメガの扱いなんて、だいたいそういうもんだし」

「そんな……っ」

「……でも自分がその気になれば、いつでもつがいにできるんだって言いつづけた。何度も――何度も」

今でも後ろから抱かれると、あのときのことを思い出さずにはいられないのだ。

「がっかりしただろ。いくら綺麗に取り繕っていても、俺なんて実の伯父にそんな扱いを受けるような――」

オメガにすぎないんだ、という言葉を、ナバトは遮った。

「もういい……!!」

彼はいきなりファラーシャを強く抱き締めてきた。

「なんだよ、別に同情なんか――」

「俺は違うから！　あなたが嫌なら、絶対無理矢理つがいにしたりしませんから……！」

「ナバト……」

そういう男じゃないことくらい、言われるまでもなくもうわかっていた。

（全部知っても、変わらない……か）

ファラーシャはその背に腕をまわし、そっとナバトを抱き締め返した。


「じゃあ、行ってきますけど」

慌ただしく支度をし、ナバトは夜には七翼を発った。

「発情期には帰るつもりですが、早めに兆候があったりしたら一刻も早く知らせてくださいね。絶対すぐに戻ってきますから」

「絶対に？」

「絶対に」

「戻ってこなかったら、他でまぎらわすかもな」

「やめてください、それだけは。誓いを破るつもりですか!?」

慌てて言い募るのがおかしい。

「冗談だよ。そのときは抑制剤を飲むから、別に」

「それはそれで勿体ない。絶対帰りますから、飲まずに待っていてください……!」

ファラーシャは、つい堪えきれずに笑ってしまった。

本当は、そんなにすぐに戻れるはずもないことぐらいは、彼にもわかっていた。

そしてふと、具体的な仕事の話を聞くのをすっかり忘れていたことを思い出す。

「そういえば、おまえが追う逃亡犯って、何をして捕まったやつなんだ?」

ナバトは少し複雑な顔をした。

「ああ……聞きたいですか?」

「?　ああ」

「本当はもっとずっと前から逃亡していたのが、秘密にされてたらしいんですけどね。……反逆罪ですよ」

「反逆罪……?」

その言葉を聞いた瞬間、悪い予感にぞわりとした。

「ほら、初めて会ったとき……あなたが見ていた塔があったでしょう。あそこに収監されていた反逆者ですよ」

「――……」

一瞬、息が止まるかと思った。

(いや、でも……他にも収監されていた人はいるだろうし……あいつとは限らないはず)

「どうしたんです?」

「え、……別に」

ファラーシャは首を振った。ナバトに変に思われる。

「あの……逃げたって、誰が……?」

できる限り平静を装いながら、ファラーシャは聞いた。

「あなたも知っている人ですよ。……俺もね」

と、ナバトは答えた。

「……俺の異母兄の一人で、あなたには従兄にあたる、父上のアルファの王子の一人——ヤーレフ兄上ですよ」

(ヤーレフを、ナバトが追ってる)

予想もしていなかった成り行きだった。

ヤーレフは、現国王のアルファの王子の一人で、ユーディウの同母兄でもある。

ずっとファラーシャの中で蓋をされ、曖昧なままになっていた子供のころの記憶は、ヤーレフのところだけは以前から鮮明だった。

それはおそらく他の従兄弟たちと違って、ヤーレフには裏切られたとか、捨てられたという意識がなかったからなのかもしれない。

まだ先代の国王が存命だったころ。

アルファ第一王子だったファラーシャの父親は一翼に、アルファ第二王子だった現在の国王は二翼に住んでいて、それぞれの家族にはそれなりに交流があった。

一翼には子供はファラーシャだけだったが、二翼には多くの子供たちがいて、賑やかだった。

幼いころは、そんな従兄弟たちとよく一緒に遊んだものだった。

年長のほうだったたし、父は当時王太子だったたから、ファラーシャは子供たちの中でも常に輪の真ん中にいた。

特にヤーレフとは年も近く、勉強でも運動でもよく張り合ったし、仲も良かった。

(そう……だからあのころは、もしかしたら俺もアルファなんじゃないか、なんて思ってたんだ。……ヤーレフと同じ)

当時から美しく賢かったファラーシャは、両親からもアルファであることを期待されていた。

今考えれば馬鹿馬鹿しい話だ。アルファ同士の両親からアルファが生まれることなど、滅多にないというのに。

やがて子供たちは成長し、年嵩《としかさ》の子から第二性別が判明しはじめる。

平和な日々は、もう長くは続かなかった。

オメガ男子を母に持つ二翼の子供たちは、次々にアルファと判定されていった。

ヤーレフもそうだった。

ファラーシャは、オメガだった。

（……でも俺は）

当然のことだったが、ファラーシャにはショックが大きかった。ファラーシャの母にとっては、さらに。

そのころから二翼の子供たちは、一翼に遊びに来なくなった。

宮殿の裏の湖へ招待しても辞退される。

王室に不穏な空気が流れていた。

そしてファラーシャは、第二王子が自分を王太子にするよう国王に直訴した——と、両親が話しているのを聞いてしまうのだ。

自分のせいだ、とファラーシャは思った。

自分がオメガだったからだ。だから跡継ぎを失った父は、玉座からも排除されようとしているのだ。

その衝撃は大きく、ファラーシャは一翼の自室に引きこもった。

そうしてどれくらい過ぎたころのことだっただろう。鎌のような三日月がひどく大きく綺麗だった夜のことだった。

ふいに、ヤーレフがファラーシャの部屋に姿を現した。

——どうして
——しーっ、見つかったらまずいだろ？

という科白からして、忍び込んできたのは明らかだった。

窓辺に座るヤーレフが、まるで下弦の月に腰掛けているかのように見えた。

——オメガだったんだって？

と、彼は言った。

——ま、そんなに気に病むことないって。おまえぐらい綺麗だったら、どんなアルファだって手に入る。いい男のつがいになって、のんびり暮らすのも悪くないと思うぜ？

——そんな、他人事だと思って……っ
——他人事じゃねーよ。もらい手がなかったら、俺がもらってやるから
——え
——じゃあな！

それだけ言うと、ヤーレフはあっというまに去って行った。

今思えば、それだけ大人たちの仲は険悪になっていたのだろう。両親に見つかれば、ヤーレフの身が危険なくらいには。

彼に会ったのは、その夜が最後になった。


それからすぐ、ファラーシャの父は王太子の座を逐われて亡くなり、前後して先代の国王も亡くなった。

現国王の御代《みよ》になるとすぐ、ファラーシャと母は一翼を逐われた。

現国王は孔雀宮本宮に移り、各翼には彼のアルファの王子たちが母親とともに住まうことになった。

王に反逆したとして、ヤーレフが塔に投獄されたと噂に聞いたのは、その後何年も過ぎてからのことだ。

何故彼は、今になって脱獄などしたのだろう。

（しかもそれをナバトが追う）

——捕まえて欲しくないんですか？

と、ナバトは言った。

——あなた、あの人と仲が良かったですからね
——……よく覚えてるな
——あなたが思っているより、俺は当時から大人びていたんですよ

――……別に、捕まえて欲しくないなんて……

視線に促されるように、ファラーシャは答えた。

――おまえの仕事だろう。もう十年以上も会ってないし、ほとんど忘れてたくらいなのに

――でも、塔は見てた

――……っ……

成人祝いの夜、既にファラーシャのことを見分けていたナバトには、あのとき見ていたのが「誰」のいる塔なのかということも、わかっていたのだ。

――ごめん、そんな顔をしないでください

いったいどんな顔をしていたというのか、ナバトは困ったように笑った。

――っ……捕まえて欲しくないなんて、思ってないからな、本当に……！

――ええ。行ってきます

ファラーシャは、ナバトの表情のほうが気になってならなかった。

ナバトとヤーレフのことで不安を抱いたまま、けれど情報を得る術《すべ》もなく、ファラーシャは後宮で変わりのない日々を続けていた。

「でも、このごろだいぶ手抜きされるようになりましたよね」

などと、小姓のアメルには突っ込まれているけれども。

「前はもっと入浴も時間をかけて磨き込んでらしたし、香料も毎日吟味して違うのを選んでらしたのに」

「ああ？」

「やっぱりナバト様がいらっしゃらないと、気持ちが入らないんですか？」

「……っ俺は忙しいんだよ……！」

睨んだら黙ったが、子供はちょっとやさしくするとすぐ生意気になっていけない。

実際、七翼を管理するという仕事が――いつのま

にかファラーシャのものとして定着してしまった仕事があるし、相変わらずタヴィールはこまめに誘いをかけてくるし、ナバトがいなくても変わらずけっこう忙しかった。

なのに、一日が過ぎるのがひどく遅く感じるのはどうしてなのだろう。

「ナバトがいないと寂しい?」

「えっ?」

タヴィールに問いかけられ、ファラーシャは思わず声をあげてしまった。

「別にそういうわけじゃ……」

「そう? なんだか沈んで見えるけど」

「……退屈なだけだ」

憮然と答える。

(別に、寂しいなんて)

ナバトがいないと話し相手もいなくて、なんとなく時間を持て余す。

いや、することはいろいろとあるのだが、ぼんやりすることが多くなって、時間があるにもかかわらず、捗《はかど》らない。

それに、やはりヤーレフのことが心に重く影を落としていた。

ナバトが仕事を全《まっと》うするには、ヤーレフを捕まえなければならない。

けれど捕まれば、彼はどうなるのか。

国王はおそらく激怒しているからこそ、ヤーレフの弟であり自らの実子でもあるナバトを捕縛に差し向けたのだ。

厳罰に処されることは予想に難《かた》くなかった。

(俺が気を揉んだって、どうなるものでもないけど……)

「そうだ、だったら、今度森へ行ってみない?」

ふいにタヴィールに持ちかけられ、ファラーシャははっと我に返った。

「え、森……?」

「孔雀宮の裏に湖があったでしょう。あれが今は整えられて、雑木林が森みたいになってるんだって。昔、よく行ったよね」

「ああ……」

ファラーシャがまだ一翼に住んでいたころ、家族で散策したり、二翼の皆を招待して湖の畔で遊んだりしたものだった。

そう――当時は父が王太子だったから、王太子妃だった母が主体となって、第二王子の子供やその母親たちを招く側だったのだ。

国王とその家族だけが立ち入りをゆるされる場所だったから、孔雀宮を逐われてからはすっかり縁がなくなっていたけれども。

「実は招待されてるんだ」

と、タヴィールは言った。ファラーシャに手紙を見せる。

「招待……？」

広げてみると、日付と「孔雀宮のオメガ同士の交流を深めるため、ささやかなお茶会を開催いたしますのでぜひお越しください」という内容の文言が並んでいる。すべての翼のオメガが招待されているらしい。

招待主の名を見て、ファラーシャは思わず声をあげてしまった。

「ジブリール!?」

「お知り合い？」

「え、い、いや……ちょっと昔……会ったことがあって……」

ごまかせたわけではないだろう。けれどもタヴィールはそれ以上突っ込んでは来なかった。

「でも、どうして四翼から……？」

ユーディウの差し金なのだろうか。

情報収集の一環としてならわかるが、同時に手の内を晒《さら》すことにもなる。何か思惑でもあるのだろうか。

（他翼のオメガを暗殺するとか？）

ユーディウがそんな手荒な真似をするとも思えな

いけれども。

　それにしても、ファラーシャが飛び出したとき、ジブリールは四翼にいなかったはずだ。また戻ってきているのだろうか。ユーディウはジブリールを取り戻したのか。

「交流を深めたいって書いてあるけど」

　タヴィールは額面どおりに受け取っているようだ。

「どうする？」

「やめたほうがいい」

　というか、ファラーシャがジブリールに会いたくなかった。

「裏があるに決まってる」

「裏？」

「他翼の情報収集とか、もしかしたら暗殺とか」

「暗殺!?　まさか！」

「他翼のオメガを全滅させればほぼ勝利は確定するわけだし」

　タヴィールの顔色がさあっと蒼褪《ざ》める。

「まさかそんなこと……」

「ないとは思うけどな。わざわざ招待しておいてそんな真似をすれば、絶対に疑われるし。たぶん他翼の状況を知りたいだけなんだろうけど……。でも万一ということはある。何やったって相手がオメガなら、さほど重い咎めもないだろうし」

「でも、ファラーシャ」

「他翼もそう考えて、ほとんど来ないんじゃないか？」

「でも気晴らしになると思うんだ。ほら、ちょうど気候もいいし！」

「だいたい僭越《せんえつ》だろう。たとえ四翼の正妃的な立場だったとしても、アルファの王子の母でもないのに他翼を招待するなんて」

「でも招いてるのはオメガだけなわけだし……」

　食い下がるタヴィールに、ファラーシャはなんとなく嫌な予感を覚えた。

「……もしかして」

「もう受けちゃった」

タヴィールは舌を出した。

「おま……っ」

仮にも七翼の主の母をおまえ呼ばわりしそうになるのを、ファラーシャは辛うじて堪えた。

「今からでも断れ！　急病とか、急に発情期になったとか。第一、他翼は敵……のようなものだろうっ」

玉座を巡って争う王子とそのオメガたちなのだ。

「でも、ナバトの兄弟の王子様たちとは昔はよく一緒に遊んだんだし、敵ってわけじゃないと……。せっかくのご招待なんだし、それに湖もひさしぶりだから、懐かしくない？」

「――……」

そんな些細《ささい》な言葉で、思いがけずファラーシャの脳裏に、子供のころ遊んだ湖の景色が蘇ってきた。

（湖……か）

両親がそろっていたころの儚《はかな》く稀少な家族の思い出だった。


たしかに、懐かしくないことはなかった。

それに、ふとファラーシャは思ったのだ。

（湖に行けば、あのころのナバトのことも、もっと思い出せるかもしれない）

思い出したからどうというわけでもないのだが……。

タヴィールは、きらきらした瞳で見上げてくる。

ファラーシャはため息をついた。

「……しかたないな」

「やったあ！」

タヴィールは無邪気に快哉《かいさい》を叫んだ。

「きっと楽しいと思うよ。昔の集まりだって、凄く楽しかったし」

そう……楽しかった。うっすらとファラーシャは記憶をたぐる。

あのころの母はまだやさしく穏やかだったし、従兄弟たちとも仲がよかった。お茶会を開くと聞けば、楽しみだった。

(ずっと昔のことだけど)

「あ、でも」

タヴィールがふいに言った。

「ファラーシャ、もうすぐ発情期じゃない?」

「……そういえば」

正確に時期を予測できるわけではないが、言われてみれば、早ければちょうど招待の日あたりにぶつかることもありうる。

「大丈夫だとは思うけど、どうせナバトもいないし、早めに抑制剤を飲みはじめておいたほうがいいかもな」

「ええ? そんなもったいない……!」

「もったいないって」

そりゃあアルファの男子を得られる機会は多いに越したことはない。だがナバトがいないのに発情だけしていても、どうにかなるものではない。

「でもほら、帰ってくるかもしれないし」

「帰れそうならそう言ってくるだろ。前の手紙には難しそうだって書いてあったし、あいつにも仕事があるんだからやっぱり無理なんじゃないか?」

「そりゃ仕事も大事だけど、孫も大事じゃない?」

「孫……」

ファラーシャにとって「アルファの王子」になるかもしれないものは、タヴィールにとってはたしかに孫ではある。

ふと、ファラーシャは既視感を覚えた。

このタヴィールの話しぶりは、つい先刻のものと同じではないだろうか。

「……もしかして、帰ってくるのか?」

ひらめいて、ファラーシャは言った。

「え? いや、別にそんなことは」

「帰ってくるんだな?」

目を逸らすのが白々しい。

「あいつ、俺には戻れないとか言っておいて……!」

「ファラーシャ、怒らないで! あの子もちょっとあなたをびっくりさせてみたかっただけだと思うんだ。それに、絶対帰れるわけでもないみたいだから、がっかりさせてもいけないし……」

「がっかり……？」

（俺が？　ナバトが帰らなかったらがっかりするって？　まさか）

鼻で笑った。

「ばれたこと、ナバトには黙っててくれる？　知られたら怒られる」

と、タヴィールは手を合わせる。

（いつもいつも、それでごまかせると思ってるのか？）

けれども結局いつもごまかされているファラーシャではあった。

「……それで？　あいつはいつ帰ってくるんだよ？」

「多分、招待の日のすぐあとくらいには……。早まったり、何かあったりしたときには、僕が抑制剤を飲むのをやめさせて早馬を出すことになってる」

「早馬……」

そこまでしてサプライズがやりたかったのだろうか。ファラーシャは呆れた。

我知らず、ため息が漏れた。

「年の割には老成してるのかと思ったら、やっぱり子供なんだな」

「老成してる？　ナバトが？」

タヴィールが目を瞬かせる。

「老成っていうと言い過ぎかもしれないけど、俺が何言っても怒らないし、笑って受け流して、激昂することもないし……」

「大人っぽく見られたいんだな、ファラーシャには」

タヴィールは軽く噴き出した。

「え、じゃああれは演技……？」

「違う違う。年下だから頼りないとか子供っぽいとか思われたくなくて、頑張ってるってこと！　それだけファラーシャのことが大好きなんだよ」

（……大好き？）

そういう関係ではないはずだ。けれどもたしかにナバトは子供のころファラーシャに懐いていたし、今でもその気持ちを引きずっている部分があるのだろうか。

タヴィールはにこにこと笑みを浮かべている。

「わかった。盛大に驚いてみせればいいんだろ」

簡単なことだ。

どんなふうに驚かせるつもりか知らないが、素直に乗ってやる必要はない。

もし寝室に忍び込んできたりしたら、泥棒と間違えたふりでたこ殴りにしてみるっていうのはどうだろう

(俺を騙そうとしたこと、絶対後悔させてやる)

密かに企みながら、それでもファラーシャの心は、ナバトが帰ってくるということにひどく浮き立っていた。

ナバトがいようがいまいが、美貌《びぼう》に磨きをかけるのは習慣だし一種の娯楽でもあって、何も変わりはない——はずだったのに。

「もしかして、ナバト様が帰っていらっしゃるんですか?」

「は?」

アメルに言い当てられて、ファラーシャは思わず振り向いてしまった。

「だからまたやる気になられたのかと思って」

「はっ、そんなの俺がわかるわけないだろ」

実際、ファラーシャにはまだ、ナバトが本当に帰ってくるのかどうか、半信半疑なところがある。

距離もあるし、向こうには向こうの都合がある。ナバトは勅命で動いているのだ。

ヤーレフを捕らえるために。

(ヤーレフを捕まえる……)

捕縛できたなら噂《うさわ》くらいは入ってきそうなものだが、特にそういう騒ぎはない。

6

「今日は、このまえ調合した薔薇《ばら》の香油と……あと、髪は最近少しぱさついてるから、いつもの蜂蜜に石榴《ざくろ》と……」

浴室のよく暖まった大理石に寝そべりながら、小姓《こしょう》のアメルに指示を出す。

「十分しなやかだと思いますけどね。でも、このごろまた気合いが入ってますよね。お召《め》し物にも、御髪《おぐし》やお肌のお手入れにも」

アメルはファラーシャの背中に湯をかけながら言った。

「ナバト様がお発《た》ちになってから、ずっと『まかせる』とばかり仰《おつしや》っていたのに」

正直、自覚はなかった。

（つまり、多分まだ捕まっていない）

もう十年以上も会っていない男だ。今さら特別な感情などない。けれど捕まったらどういう厳罰をあたえられるかを思えば、見つからずに済めばと願ってしまう。

けれどもそれは、ナバトが手柄を立てられないということでもある。

（……俺が気を揉《も》んでも、どうにかなるものじゃないけど）

それはわかっているのに、考えずにはいられない。

自分がどちらを希《のぞ》んでいるのかさえ、よくわからなかった。

「石榴エキスはこちらとこちら、どちらになさいますか？　……ファラーシャ様？」

「……あ、いや」

「どうかなさったんですか？　最近、ぼうっとしていらっしゃることが多いですよね」

よく気がつくのも善し悪《よあ》しだと思う。

「ご体調がすぐれないとか……もしかして、ご懐妊……」

「ない」

前回の発情で身籠もっていないことは、医師の診断済みだ。

「ただ、湖へ行く日が近づいてるからな。七翼の威信にかけて、美貌に磨きをかけなきゃと思ってるだけだ」

本当は、他翼に余計な警戒をされないためには、美しさを誇ったりはしないほうがいいのだろう。

それでも、侮られるのはゆるしがたいと思う。

ファラーシャの性《さが》のようなものなのかもしれなかった。

「ファ……！」

名前を最後まで呼ばなかったのは、褒めてやってもいい。

ジブリールはファラーシャを見て、目をまるくした。彼が七翼にいるという情報を、四翼ではまだ摑んでいなかったらしい。

「初めまして。七翼のナバト殿下のオメガ、ファラーシャです」

と、彼は挨拶した。他の招待客に、余計な情報をあたえる必要などない。

以前はオアシスのまわりに雑木林があるという風情だった場所は、ずいぶん美しく生まれ変わっていた。

おそらく拡張されたのだろう湖は広く大きくなり、周囲には絨毯《じゅうたん》を敷き詰めたように小花が咲いていた。林は深い森となり、静かな木陰をつくりだしている。

(今の国王は、砂漠にこんな場所をつくったのか……)

もともとあったオアシスを活《い》かしているとはいえ、どれほどの金がかかっていることか。

「……初めまして。四翼のユーディウ殿下のオメガ、ジブリールです。お忙しいところ、お運びくださってありがとうございます」

ジブリールも調子を合わせてくる。

四翼では良好な関係とはとても言えなかったためか複雑そうな表情だが、利害は一致しているのだ。

「こちらこそ、お招きありがとうございます。……そちらも四翼の？」

できるだけこちらのことは喋《しゃべ》らず、聞き出せることは聞き出したい。

話を逸《そ》らしがてら、ファラーシャはジブリールの隣にいた小柄な青年に視線を落とした。ファラーシャがいたころには見なかった顔だ。

その青年が口を開いた。

「あ、初めまして。ミシャリと申します。三翼のサイード殿下のオメガです」

(三翼……)

四翼のオメガではないのか。

（そういえば……）

初めて七翼を探索したとき、サイードが惚気《のろけ》ていたのを思い出す。

――うちのミシャリほど可愛《かわい》い子は絶対他にはいませんよ。オメガがあんなに可愛いなんて、ミシャリに会うまで思いもしなかったんだから
たしかに可愛らしいオメガだった。けれどもサイードが夢中になって、他の誰もいらないというほど思い詰めてつがいにする……それほどのものなのだろうか。

あのとき以上に、ひどくうんざりした気持ちになる。

というか、このミシャリとジブリールは、今日が初対面というわけではなさそうに見えた。

「お二人は、以前からのお知り合いのようですね？」

「ええ。仲良くさせていただいております」

と、ジブリールは答えた。

やはりそうなのか。他翼のオメガとどうして？

それを聞こうとして唇を開いたときだった。

「まあ、ファラーシャ！　おひさしぶり……！」

声をかけてきた女性がいた。

はっと振り向けば、どこか見覚えのある顔がある。

ファラーシャはぼやけた記憶をたどった。

（……そう、アルファ第二王子ニザールの母親）

彼女は当時とあまり変わってはいなかった。容姿もそうだが、姦《かしま》しい性格もだ。

「ファラーシャでしょう？」

（様、は？）

と、ファラーシャは仄暗《ほのぐら》く思う。

昔、彼女はファラーシャのことを「ファラーシャ様」と呼んでいたのだ。第二王子のただのオメガより、第一王子の長男のほうが、ずっと身分が上だったからだ。

「……ヘクダ。……ひさしぶり」

「やっぱり後宮に入っていたのね。あなたもオメガ

だったんですものねえ。ご両親がアルファなんだから、当然だけど」

アルファ同士の組み合わせではオメガが生まれやすいというのは迷信だろうが、広く言われていることではあった。

こうして他人の神経を逆撫《さかな》でするのが大好きな女性だったことを、ファラーシャは今さらのように思い出す。当時はたいして親しくもなかったのに、今こうして話しかけてくるのは、昔とは違う身分のファラーシャを貶《おとし》めたいからなのかもしれなかった。

以前、二翼からも入宮の申し入れがあったとき一度断っているから、なおさら風当たりは強いようだった。

「昔から美人になりそうだとは思ってたけど、本当に美しくなって……！　これほど美しいと、どの翼でも放っておかないわよね。今からでもニザールのところに来て欲しいくらい」

それだけはとんでもない。

ちら、とタヴィールを見れば、彼はきらきらした瞳でファラーシャとヘクダを見つめている。鞘当《さやあ》てを仲裁するより、ファラーシャがどうやり返すか興味津々《しんしん》という顔だった。

（まったく……）

そういえばそういう男だったと思いつつ、ファラーシャはとっておきの笑みを浮かべてヘクダを見た。

「どうも。ヘクダこそ、相変わらずお美しい。俺もあのころのあなたの歳《とし》になったので、秘訣を教えて欲しいくらいだ」

ぴくりとヘクダの蟀谷《こめかみ》が引き攣《つ》った。

「いやだわ。子供を産んですっかり衰えてしまって。その点、ファラーシャは本当に肌が綺麗《きれい》ね」

当時のヘクダの歳になっても王子を産んでいないことを当て擦られ、ファラーシャの蟀谷にも筋が立つ。

「あ、そうそう。二翼のオメガたちを紹介するわね」

ヘクダは十人ほどの、オメガと思われる少年たちを連れてきていた。

こんなにいるのかとファラーシャは愕然《がくぜん》とする。

勿論《もちろん》、見ただけでは第二性別はわからないから、偽オメガである可能性もあるわけだが。

皆、顔色も肌艶《はだつや》も悪い。瞳に光も感じられなかった。噂どおり、ろくな扱いではないのではないだろうか。それでも連れてきているのは、逃げられない自信があるからなのか。

二翼へ行っていたら、自分もこんなふうになっていたのだろうか。

これにくらべたら、やはり四翼や七翼は遙かにましのようだ。

そういえばあの日、サイードと同様、イマーンもオメガを見つけたと言っていたが、イマーンの――一翼のオメガは、今日は来ていないのだろうか。

まあ、来ないほうが当たり前だろうけれど。

六翼はオメガどころか、主《あるじ》のアルファ第六王子ロロさえ留学中で留守。母親も既に亡い。各翼の王子たちの母親には、既に亡くなっている者も多かった。

八翼のアルファ第八王子ハディはまだ幼いためオメガを持っていないという。母親のオメガだけが出席していた。

(五翼は?)

王妃はアルファ女性だから招待されていないのだろうが、コルカール王子のオメガも来ていないようだ。

「それで、ファラーシャはどこの後宮に?」

「七翼の、ナバト殿下の後宮に」

「まあ！　たしかナバト殿下はまだご成人なさったばかりよねえ？　それじゃあずいぶん歳が離れていらっしゃるのでは？　たしか十歳くらい」

と、じろじろとファラーシャを見る。ファラーシャはまた蟀谷が引き攣るのを感じた。

「七歳だけど」

「あらごめんなさいね。でも七翼もこれから若いオメガが増えるでしょうに、大変ねえ」

同情するようで、瞳は笑っている。

「ご心配ありがとう」

ファラーシャは微笑《わら》い返した。

「でも幸い、お褒めにあずかったとおり肌も衰えてないし、寵愛《ちょうあい》はとても深いので。そちらと違って」

ヘクダの顔色が、さっと変わった。

彼女は女性のオメガにはめずらしくアルファの王子を産んだが、寵愛は三翼や四翼のオメガたちに遥かに及ばなかったのだ。

「まあまあ、そのへんで……」

それまで近くではらはらと気を揉んでいたジブリールが、割って入ってきた。

「そろそろお茶会をはじめませんか？　皆様も。お料理もお飲み物もたくさん用意したんですよ。どうぞ召し上がってください」

湖の畔《ほとり》に、とりどりの料理が運ばれてきた。

食事をつまみながら談笑したり、詩を暗誦《あんしょう》したり、オメガたちの宴はそれなりに平和に過ぎていった。

オメガの人数は少なくても、それぞれの小姓たちや楽団などもいて賑《にぎ》やかだ。

やがて陽が傾きはじめるころになると、ファラーシャは少し……だいぶ疲れてきた。社交はそこそこ得意だが、さほど好きなわけではないのだ。

なるべく集団から離れて隅のほうで休憩していると、ふと頭上に影が差した。

「ジブリール……」

顔を上げ、その姿を見つける。ジブリールは隣に腰を下ろしてきた。

「来てくれてありがとう。ファラーシャ」

「何のつもりでこんな茶番をやってるんだ？　目的は情報収集か？」

「そう思うよね」

ジブリールは苦笑した。

「全部の翼のオメガのみんなと、仲良くなりたいんだ」

「はあ!?」

思わず変な声が出た。

「何馬鹿なこと言ってるんだ。できるわけないだろ。敵同士なのに」

「敵じゃないだろ。玉座を巡るライバルではあるけど、アルファの王子たちはみんな兄弟なんだし」

タヴィールと似たようなことを言う。

「兄弟だからなんだって?」

鼻で笑わずにはいられなかった。そんなことに意味があるのなら、今ごろはファラーシャの父が国王になっていた。

「まあ……そうなんだけど」

反駁《はんばく》してくるかと思ったが、ジブリールは目を伏せた。

その表情に、ふと感じるものがある。身内——というのは、オメガにとってよくある災難だからだ。

気楽そうでよく苛々《いらいら》させられたジブリールにも、そういう陰の部分はあるのだろうか。半ば当たり前のことを初めて察して、ファラーシャは軽く目を開かれたような思いがした。

「……でも、時間が経てば、わかりあえることもあるかもしれないし……」

「はん」

「以前は俺、ユーディウに玉座を継いで欲しいと思ってたんだ。きっといい世の中にしてくれるって思ったし、情報収集でも何でも、できることは手伝いたいと思った。今でもその気持ちは変わらないけど……」

と、ジブリールは言った。

「ファラーシャがいなくなったあといろいろあって……今日も来てる、三翼のオメガのミシャリと仲良くなったり、……他翼の事情を知る機会があったりして、考えたんだ」

「他翼の事情？」

興味を抱いて問い返すけれども、ジブリールはそれには答えなかった。

「ユーディウが王太子《おうたいし》になったとしても他の王子がなったとしても、そのあと敵対したりせずに、上手《うま》くやっていけないかって……。王太子を立てて補佐をするような」

「保険をかけておきたいってことかよ。ユーディウ以外の王子が玉座を継いだときのために」

ジブリールは一瞬詰まる。

「……それもあるかもしれない。でもそれだけじゃなくて」

「みんな仲良く、か。だけど結局、決めるのはアルファの王子たちだ。オメガ同士が仲良くなったところで、なんになるって言うんだよ」

「でも、ファラーシャはナバト王子に意見できるだろ……!?」

「――え」

たしかにナバトとは共闘関係ということになっているから、意見することはできる。場合によっては彼も受け入れるだろう。

けれども、それがどうしてジブリールにわかるのか。

「何故《なぜ》そう思う？」

「だってファラーシャならそうだろうって……。ユーディウだってファラーシャには一目置いてたし……」

「は……、意見できたって、聞き入れられるかどうかはまた別問題だろ」

「……聞いてたよ、ユーディウは」

その結果、ジブリールへの「お仕置き」がなされたことを、ファラーシャもまた思い出す。

「恨み言をいうつもりか」

「そうじゃない。ただ、ナバト王子なら、ユーディウ以上にファラーシャの言うことに耳を傾けてくれるんじゃないかって」

「だから何故」

「だって、……ファラーシャ綺麗になったからさ。前から綺麗だったけど、もっと。それに雰囲気も変わったよ。やわらかくなった。だから思ったんだ。ナバト殿下に愛されて、しあわせに暮らしてるんだなって」

「――……」

　胸を突かれたような気がした。

（愛されて、しあわせ？　俺が？）

　そんなことは、考えたこともなかった。

　ナバトはまるで恋人同士のような振る舞いをするが、結局はこの関係はアルファの王子を得るための契約のようなものなのに。

　なのに、頬が火照《ほて》る。

「……馬鹿馬鹿しい。アルファが本気でオメガを愛するなんて、お伽噺《とぎばなし》みたいなもんだろ」

　見られないよう、ファラーシャは顔を背けた。

「おまえはユーディウに愛されてるつもりかもしれないけどな、幻想でないとどうして言える？」

「それは……、でも」

「別に七翼にも他にオメガはいるしな」

「え」

　ジブリールが目を見開く。そして、悪いことを言ってしまった、とばかりに項垂《うなだ》れた。

「……ごめん」

　内情を悟られないために咄嗟《とっさ》についた嘘《うそ》だったが――いや、タヴィールがいるから嘘というわけでもないが、ジブリールの同情の表情に、言わなければよかったとファラーシャは思った。

可哀想《かわいそう》に思われるなんて、真っ平なのに。特にジブリールなんかには。

「謝られるような話じゃねーよ。じゃあな」

　ファラーシャは立ち上がり、踵《きびす》を返した。

ジブリールと別れたファラーシャは、けれどオメガたちの中に戻る気にもなれなかった。

アメルだけを伴って湖の畔を散歩する。

空に薄く浮かぶ昼の月が美しかった。

(月が綺麗ですね……か)

——でも、あなたのほうが綺麗だ
宴で再会したときのナバトの言葉を思い出すと、つい笑ってしまいそうになる。

(二回目っていうのが気に入らないけど)

一人目はいったいどんなやつだったのだろう。女性か、それとも男性か。

そのときふと、何かを思い出しかけて、ファラーシャは立ち止まった。

(今、何か……?)

「ファラーシャ様」

けれどもたぐろうとした記憶は、アメルの言葉に霧消した。

「ボートに乗られるんですか?」

「え?」

気がつけば、ボート乗り場のすぐ傍《そば》まで来ていたのだった。昼間は人気だったそれが、今は空いている。

「……そうだな」

せっかく来たのだからと、乗ってみることにした。

アメルに漕《こ》がせ、心地よい風を感じながら景色を楽しむ。

そのうちにふと、ジブリールの言葉が耳に蘇ってきた。

——ナバト殿下に愛されて、しあわせに暮らしてるんだなって
(話なんかするんじゃなかった)

彼が隣に腰を下ろしてきた時点で、席を立てば良かった。

(そもそもしあわせって何なんだよ?)

そこからして、よくわからなかった。ジブリールは今、しあわせなのだろうか?

「向こう岸に着けますか?」

と、アメルが聞いてきた。

「もう少ししたら暗くなるし、このまま戻ったほうがいいと思いますけど……」

「ああ……いや、着けてくれ。滅多にない機会だからな」

また来ようと思えば、七翼の主であるナバトの許可がいる。

(まあタヴィールによれば、ナバトは今回もすぐにゆるしたみたいだけど)

こういうところにも、七翼の緩さを感じる。よく言えば自由で現代的なのかもしれない。

オメガの扱いはかなり良かった四翼でも、外へ連れ出してくれるなどということは、少なくともファラーシャのいたころにはなかった。

(聞いてみようとも思わなかったけど)

こうしてジブリールがお茶会を企画できたということは、忙しいユーディウには気が回らなかっただけで、申し入れてみれば聞き入れられたのだろうか?

対岸に着き、アメルを従えて散策した。

落ち着いて景色を観賞するのは、いつ以来のことだろう。

(……だいぶ変わったな)

城に近いほうにくらべて手入れもややおざなりなのか、花などは少ないが、昔にくらべたらずいぶん緑は増えていた。

子供のころ雑木林だったところは、すっかり鬱蒼《うっそう》とした深い森になっている。

「なんだかちょっと怖くありません?」

と、アメルが言った。

たしかに、以前はもっと貧相だったけれど、雰囲気は明るかった気がする。

「あまり遅くなっても皆さん心配されると思いますし、そろそろ引き返したほうが……。聞いてます? ファラーシャ様」

そのときだった。

「ファラーシャ?」

ふいに降ってきた声に、はっと足を止めた。

「やっぱファラーシャか。そうじゃないかとは思ってたけど……!」

どこかで聞き覚えのある声だった。ファラーシャは反射的に顔を上げた。

高い樹の枝に、黒髪の男が片膝をついて座っていた。

「誰……っ」

と問いかけた瞬間、男が誰だかわかった。思わず名前を口にしそうになる。

「お……っと」

ざっと音を立てて、男は樹から飛び降りてきた。

彼が骨張った大きな手で、ファラーシャの口を覆う。

「よく、俺がわかったな?」

「……っ」

口を塞がれたまま、ファラーシャは視線だけを上げて彼を見上げた。

(ヤーレフ……!!)

ファラーシャの従兄であり、現国王のアルファの王子。反逆罪で投獄された塔を脱獄し、今はナバトに追われている男。

(……どうしてここに)

最後に会ったあの日よりずっと背が伸び、体格も顔立ちも遙かにしっかりとして、けれど何より変わったのは髪だった。

逃亡者ゆえか、輝くようだった豊かな金髪は少し無造作に伸び、漆黒へと染められていた。

「ひ……」

逃げようとしたのか人を呼びに行こうとしたのか、アメルが慌てて駆け出そうとする。

「待てよ、坊や」

低く、ヤーレフが呼び止めた。

「大事なご主人様が人質になってんのを忘れんな

よ？」

「――……」

ファラーシャの首にナイフを突きつける。アメルが無言で立ち竦《すく》んだ。

この男は本当にヤーレフなのだろうか。

髪の色だけじゃなく、すれた表情も言葉遣いも、昔は全然こんなんじゃなかったのに。もっと上品で、きちんとしていて、でも今のほうが不思議と惹《ひ》きつけられる。野性的な美しさに幻惑されそうになる。

（どうして）

しかも彼は脱獄後、国境付近で目撃情報があって、だからこそナバトが出動させられたはずなのだ。なのに何故、こんなところにいるのか。

ファラーシャは目で問いかける。

「騒ぎ立てんなよ？」

頷《うなず》くと、ようやく手が離れた。ファラーシャは深く息をついた。

「綺麗になったたな」

と、ヤーレフはぬけぬけと笑いかけてくる。むかついたものの、そんな彼の表情には昔の面影が濃く滲《にじ》んでいて、胸が締めつけられた。

会う機会など、二度とないかもしれないと思っていたのだ。

「昔から美人になるだろうとは思ってたけどさ。なんか妖艶っての？　すぐにはわかんなかったよ。その子が呼ばなかったら、声をかけなかったかもしれない」

そんな言葉に、ファラーシャがじろりと睨《にら》むと、アメルは竦み上がった。

「ま、こういう運命だったたってことで」

「……国境にいるんじゃなかったのか」

「陽動作戦。国王が引っかかってくれてよかったよ」

ヤーレフは自分の父親のことを、父上ではなく国王と呼んだ。

「いいわけないだろ……！　おかげでナバトは無駄足を――」

「へえ？　もしかしておまえ、七翼にいるのか。ナバトのところに？」

　ヤーレフは鋭く言い当てた。子供のころから、そういえばひどく勘のいい男だったのだ。

「――それがどうした」

「なんだか運命的だと思って」

「何が……っ」

「追う男と追われる男が、おまえを挟んで繋《つな》がってるなんてさ」

　ヤーレフは笑った。

「――けど……、そうか。ナバトは念願叶《かな》って喜んでるだろ？　昔からおまえのこと、大好きだったもんな」

　たしかに懐かれてはいただろう。けれども当時のそれと、アルファとオメガとしての今の関係は違うと思う。

「おまえは？」

「何が」

「俺に捕まって欲しい？」

「あ……当たり前だろ！　今は、俺はナバトのオメガなんだから……！」

「処刑されるとしても？」

「処刑……!?」

「ま、そうなったらナバトはお手柄だな」

　ぞっと全身が悪寒に包まれた。

　捕まったら厳罰に処されるとは思っていた。けれど国王が、仮にも自分のアルファの王子を処刑するなんて、さすがに考えてはいなかったのだ。

（でも……あの国王なら）

　実の兄を逐《お》い、病死ということになっているとはいえもしかしたら暗殺したかもしれないあの男なら、実の息子であっても容赦しないかもしれない。

（そうなっても、不思議はない）

「そこは嘘でも、捕まったほうがいいって言わないと」

　まるで他人事《ひとごと》のように、ヤーレフは軽口を叩《たた》く。

「――どうして声なんかかけてきたんだよ。昔を懐かしむためか？」

「それもある。おまえは？　懐かしんでくれねーの？」

「……っ、おまえがそうさせなかったんだろ……！」

いきなりナイフを突きつけられたのだ。

けれどそれでさえ、溢《あふ》れるような懐かしさがファラーシャの胸に湧き起こる。

彼はそれを振り払おうとした。

「俺がナバトのところにいることは知らなかったとしても、軍警察に告げ口するかもしれないとか思わなかったのかよ？　――っていうかするけど……！」

「へえ、そう？」

ヤーレフは、ふいにファラーシャの腕を摑んだ。

「何だよ、放……っ」

言い終わりもしないうちに強く引き寄せられ、よろめいたところを抱え上げられる。

「え、ちょっ」

彼はファラーシャを横抱きにして、そのまま走り出した。

「ファラーシャ様……！」

アメルが叫んだ。

「アメル……！」

ファラーシャは暴れ、逃れようとしたが、ヤーレフの力はその細身からは信じられないほど強かった。

「放せよ……!!」

「おとなしくしないと、放り投げるぜ？」

ヤーレフは笑ってとりあわない。

「ファラーシャ様……っ」

アメルは追いかけてきてはいたが、追いつくことはできないようだった。声が次第に遠くなっていく。

やがてヤーレフに連れてこられたのは、小さな小屋だった。

どこか見覚えのある……そう、この森が雑木林だったころから建っていた、杣《そま》小屋だ。ずいぶん古びてはいるけれども、間違いない。

ヤーレフが扉を開く。

中を覗《のぞ》けば、粗末な寝床に青年――少年？　が横たわっているのが見えた。

布団や頬が茶色く汚れているのは、血の跡だろうか。ずいぶんと顔色が悪かった。一瞬、死んでいるのかと思ったほどだった。

ヤーレフはようやくファラーシャを下ろし、後ろで扉を閉ざす。

「――……この子は……？」

「俺の仲間」

まだ若い――ナバトより若いのではないだろうか。

「……重傷なのか」

「撃たれて、弾丸は抜いたけどな」

もしかして死ぬのではないか。

そう思うと、またぞっとした。

（こんなに若いのに？）

無意識のうちに、手をぎゅっと握り締める。

「薬が欲しいんだ」

と、ヤーレフは言った。手許《てもと》の紙に、書き付ける。

「え」

「手に入れて、今夜この杣小屋まで持ってきて欲しい」

「な……なんで俺が……っ」

「このままじゃ、こいつは死ぬ。……たすけたいんだ」

やはり死にかけているのか、とファラーシャは小さく息を呑《の》んだ。

「だ――だからって、俺に何の関係があるんだよ……っ、見ず知らずのやつが死のうが生きようが、俺が気にするとでも思うのか」

そんなにお人好しじゃない、と思うのに。

「するする。絶対だって」

と、ヤーレフは笑う。

「ナバトの不利になるようなことを？」

今のファラーシャは、ナバトのオメガだ。彼とのあいだにアルファの王子を産み、玉座を取り戻すのだ。彼を裏切るわけにはいかない。たとえ幼いころ憧れた従兄が、処刑されるとしても。

「……第一、俺自身だっておまえを庇《かば》ったなんて知れたら」

「俺を捕まえそこなっても、ナバトが処刑されるくらいだろ。処刑されることはない。せいぜいお叱りを受けるくらいだろ。王位継承はアルファの王子をつくれるかどうかだし、たいしてあいつが困るようなことにはならねーよ。それにおまえだって」

内緒話をするように、額を寄せてくる。

「黙ってたら、誰にもばれようがない」

ファラーシャは顔を背け、舌打ちした。

(やっぱり、あのころとは全然違う……！)

昔はこんな、人の心に付け込んで思い通りに動かそうとするような男じゃなかった。

(いくら仲間の命がかかってるからって)

何故、いつから彼はこうなったのだろう。

ファラーシャが孔雀宮《カスル・ターウース》を逐われ、父を失って変わったように、彼にも何かが——何があったのだろう。

「……なんで脱獄なんかしたんだよ」

気がついたら、絞り出すようにそう問いかけていた。

「そもそもなんで反逆なんか……！」

国王を嫌う気持ちはわかる。それはファラーシャも同じだからだ。

だが、ヤーレフにとって国王は実の父親なのだ。それに何より、刃向かって叶う相手じゃないことぐらい、わかっていただろうに。

ヤーレフは唇で笑った。

「おまえには関係ない」

「な……っ」

「聞かないほうがいいってことだよ」

ファラーシャの激昂《げきこう》を遮るように、ヤーレフは言った。

「そろそろ戻ったほうがいい」

そしてファラーシャの手に、書き付けを握らせてくる。

「今夜待ってる」

「――っ」

解放され、杣小屋を出ると、ファラーシャはなかば無意識に扉を蹴り飛ばした。

「関係なくなんかないじゃねえか……！」

ここまで巻き込んでおいて、よく言えたものだと思う。

元来た道を大股で戻る。

「ファラーシャ様……！　よかった！」

途中でアメルが駆け寄ってきた。

7

ファラーシャは体調不良を理由に、アメルだけを連れて湖をあとにした。

七翼に戻ると、薬品庫へ飛び込む。

幸か不幸か、七翼の物品管理も引き受けていたために、目当てのものの在り処《あか》はわかっていた。

(必要なのは、消毒薬と包帯、止血剤と化膿《かのうど》止めと……)

棚の中を探し、ヤーレフのメモと見比べて、ラベルを確認する。

(なんで俺がこんなこと……っ)

どれも七翼の財力があってこそ常備できる、稀少《きしょう》な薬なのに。

舌打ちしながらも手を動かす。ヤーレフのためというより、横たわっていた少年の蒼《あお》い顔を思い出し、本当に死んでしまったらと思うと、見捨てる気持ちになれなかった。

それに、ファラーシャはどこかでヤーレフに同情していたのかもしれなかった。現国王に、同じように理不尽に虐げられた者として、邪険にできなかったのかも。

(薬を届けるだけだ。……それならナバトを邪魔することにはならない)

「ファラーシャ?」

ふいに背後から声をかけられたのは、そんなときだった。

ファラーシャは驚きのあまり、飛び上がりそうになった。

(ナバト……!?)

間違いなく彼の声だった。

本当に帰ってきたのか。

(こんなときに……!)

どう反応したらいいのか、咄嗟にわからなくなる。

彼が帰ってくるかもしれないことを、なんだかんだと言いながら、実際にはそれなりに楽しみにしていたのだ。

どんなふうに驚いてみせようかとか、揶揄《からか》ってやろうかとか、何度も考えたのに。

今、手放しでは喜べない。

「薬品庫なんかで何してるんです？」

「……っ……何も……」

声が詰まる。

「もしかして、抑制剤を探してるんですか？」

「え」

発情のことなどすっかり忘れていた。

無関係な棚を漁《あさ》っていたのを背中で隠すように、ファラーシャは振り向いた。

「まだ飲んではいないんですよね？　間に合ってよかった」

と、ナバトは微笑った。

彼の笑顔を見た途端、なんだかひどくほっとした。

「ただいま、ファル」

「……ナバト……」

彼はぎゅっとファラーシャを抱き締めてきた。

痛いくらいの抱擁に、ぬくもりがじわりと伝わってくる。ファラーシャはその体温に、たまらない懐かしさを覚えた。ほんの一月足らず離れていただけなのに。

「ひさしぶりだね。もっとよく顔を見せて」

「ナバト……」

ナバトに話そうか、と思った。

話せば、彼はすぐにヤーレフを捕まえに行くだろう。あの少年のことも見つけて、まさか放置はしないだろうから、きちんと治療を受けさせるはずだ。

(でも……ヤーレフは)

見つけてしまえば、たとえ実の兄であっても、ナバトはヤーレフを捕まえざるを得ない。

——俺に捕まって欲しい？　処刑されるとして

も？

　あの科白《せりふ》を思い出すと、全身が凍るようだった。

　ヤーレフを死なせたくないのと同時に、ナバトに兄を殺させるようなことにもなって欲しくない。

　気がつけば、ファラーシャはナバトの肩に腕をまわし、縋《すが》るように抱きついていた。

「ファル……!?」

　ナバトがひどく驚いたような声をあげる。

「どうしたんです？　あなたがこんなに大歓迎してくれるなんて、槍《やり》でも降るんじゃないですか？」

「うるさいな、……凄《すご》く驚いたんだ、だから」

　ナバトは笑った。

　そしてファラーシャを抱き上げる。

「ベッドに行きましょうか」

「こんな昼間から？　それに発情期もまだ……」

「一月近くも離れてたんですよ。もう待てない」

　キスで黙らされ、寝室へと運ばれる。

　ヤーレフとあの少年のことが、頭を過《よぎ》った。けれどこの状況では、ナバトを振り切って行くことなど不可能だ。

（あとで……隙を見て……）

　そう思いながら、身を委ねる。

　ベッドの上で、ナバトはやや乱暴にファラーシャの衣服を剝《は》ぎ取っていった。性急さが過ぎて、布がわずかに破れてしまう。

「あ」

「……今日おろしたところだったのに。……がっつきすぎなんだよ」

「すみません。でも、ひさしぶりに会えたからでしょうか。なんだか凄く綺麗に見えてしまって」

「そんなの、前からだろ」

「そうですけど、前よりもずっと」

　屈託のない嬉《うれ》しそうな表情が、なんだかとても可愛い。

　ナバトはあらわになったファラーシャの胸に、頬ずりする。

「肌も凄くすべすべで気持ちいいし、乳首もピンクで」

「……っ」

徒《いたずら》に摘まれて、小さく息を呑んだ。

「ナバト……」

軽く偏執的な感じがして毒気を抜かれながらも、こんなふうに喜ばれると、磨いたかいがあった気がしてくるのが不思議だった。


遠い地から戻ってきたナバトは、やはりひどく疲れていたらしい。

一度行為を終えると、すっかり寝入ってしまった。

その隙に、ファラーシャは一人起き上がり、薬を持って抜け出した。こういうところも、七翼は四翼にいたころが信じられないほど緩かった。

馬車を借り、杣小屋に向かった。


(早く行って、戻ってこないと)

発情がはじまりそうな予感があった。

しばらく離れていたナバトに会って抱かれたのだ。本能が刺激されないはずがない。

小屋にたどり着き、声をかける。

「開けろ、俺だ」

ややあって、扉は内側から開いた。

ヤーレフの美しい笑顔が忌々しい。

「やっぱ来たじゃん」

「ふざけるならこのまま帰る」

「嘘、嘘。入れよ」

「あ」

強引に引っ張り込まれた。

「……あの子は?」

昼間、少年が眠っていたベッドは、もぬけの殻だった。

「他の仲間たちと、先に逃がした。ここはいくらなんでも危険過ぎるからな」

孔雀宮のすぐ裏だ。灯台もと暗しと言ったたって、いつまでも続くものではない。

「動かして大丈夫なのか……？」

「だからだよ。咄嗟に何かあっても、いきなり連れ出すのは無理だから」

ファラーシャのことを心底信じていたわけではなかったのだろう。

もしもファラーシャがナバトに密告し、追手がかかったら。

その可能性を考えて、先に行かせたのだ。

当然の措置だとは理解しながら、腹立たしく思わずにはいられない。

ファラーシャは持ってきた鞄《かばん》を突き出した。

「頼まれたものだ」

「ん。ありがとな」

ヤーレフは、鞄を開けてたしかめる。

「大変だったろ。薬そろえるのも、抜け出してくるのも」

物理的な大変さはそれほどでもなかった。大変だったのは、心のほうだ。

「もうこれきりにしてもらうからな。次は必ずナバトに知らせる。俺は今はあいつのオメガなんだから」

じゃあ、と立ち去ろうとする。

急がないと、発情がはじまってしまう。それに何より、ナバトが起きてしまったら。

「その割には、つがいにはなってないみたいだけど？」

と、ヤーレフは揶揄《やゆ》してきた。

「……それは」

「いずれはそうなる？」

「……」

「ナバトに惚《ほ》れてんの？」

そういうことではない。ナバトとは共闘関係を結んでいるだけだ。けれどもはっきり否定する言葉も、何故だか口にできなかった。

（……当たり前だ。既に玉座に関係ない男とはいえ、

余計な情報をあたえる必要なんてないんだから）

「……あんたには関係ないだろ」

「まあな」

ヤーレフは笑った。

「だけどおまえのこと、ずっと気になってたのは本当なんだ。弟みたいに思ってたし、オメガだってわかったとき、俺が娶《めと》ってもいいって言ったのは嘘じゃない」

「ヤーレフ……」

引き寄せられ、ファラーシャはヤーレフの胸に倒れ込んだ。

「だから今でも、しあわせになって欲しいと思ってる」

彼の手が髪にふれる。兄弟のように過ごし、ファラーシャ自身も彼を兄のように慕っていたあのころの気持ちが、一瞬だけ戻ってくるような気がする。彼も同じ気持ちなのだと思う。

「……うん」


ファラーシャは頷いた。

大きな音を立てて小屋の扉が開いたのは、そのときだった。

反射的に振り向けば、そこにいたのはナバトだった。

「ナバト……っ」

ファラーシャは、ヤーレフからはっと身を離す。けれども既に遅かった。

「俺を寝かしつけて、こんなところで逢《あ》い引《び》きですか。しかも脱獄犯と……!!」

彼を包む怒りが見えるようだった。

「ナバト、違うんだ、これは」

「言い訳ならあとで聞かせてもらいますよ。たっぷりとね。——今は、そいつを切り刻むほうが先です」

ヤーレフは口笛を吹いた。

「身体に聞くってか。ははっ、大人になったな、ナバト」

「馴《な》れ馴《な》れしく呼ばないでもらえますか。俺は全然あなたのこと、覚えてませんから！」

ナバトが剣を抜いた。

「俺にとってのあなたは、ただ逮捕すべき脱獄犯に過ぎない」

斬りかかるナバトを、ヤーレフは辛《かろ》うじて躱《かわ》す。

「ヤーレフ……っ」

ファラーシャは思わず叫んだ。

ヤーレフもまた刃物を取り出した。

だが短刀では、ナバトの剣を受け止めるので精一杯だった。しかも片手には、薬の入った鞄を持っているのだ。

ナバトの攻撃には容赦がなかった。本気で斬り捨てるつもりで剣を振るっているのが、見て取れた。

刃を合わせながら、ヤーレフはじりじりと後退していく。

ファラーシャは、どうしたらいいかわからなかった。割って入れるほどの力もなく、ただ手を拱《こまね》いているしかない。


簡素な炊事場の奥にまで追い詰められたヤーレフは、勝手口から外へ逃げ出した。ナバトもそれを追おうとする。

だがその直後、閉ざされた扉の向こうで何かが倒れるような大きな音がした。

押しても引いても、扉はもう開かなかった。

蹄《ひづめ》の音が聞こえる。

横の窓から外を見て、ナバトは舌打ちした。

「畜生……っ」

似合わない悪態をつく。

ヤーレフが軽く手を振り、駆け去っていくのを、ファラーシャも見た。

ドアを塞いでいたのは、倒れた材木だった。あらかじめドアの脇に立てかけておいたものを倒したのだろう。そして繋いであった馬に乗って逃げる——最初からこの事態を想定して、準備してあったのだ。

ナバトは踵を返した。

「部下を集めて、すぐに追手をかけないと」

ファラーシャは思わずナバトの腕を摑んだ。

ナバトが見下ろしてくる。その冷たい視線にぞくりと寒気を覚えた。

「何、あいつを捕まえて欲しくないとでも言うつもりですか？」

「――……っちが……」

「逢い引きしてたくせに？」

「逢い引きなんかじゃないって言ってるだろ……！」

「だったらなんでこんなところでこそこそ会ったりしてたんです!?　しかも俺が眠ってる隙に……!!前々から約束があったってことでしょう!?」

「違う……っ」

「あなたが俺を裏切るとはね」

裏切ってない。裏切ったつもりはない。

ファラーシャは激しく首を振ったけれども。

「だったら、あいつがどこへ逃げたのか、心当たりを教えてください。何か聞いてることがあるでしょう」

「何も、聞いてなんか……っ」

「知ってることを話しなさい」

「何も知らないって言って……っ」

小屋の隅の粗末なベッドへと、いきなり突き倒された。

「ナバト……!?」

「身体に聞いてあげますよ」

唇を塞がれる。濃厚に舌を絡められると、ぞくぞくと身体の芯が疼《うず》きだす。

「怯《おび》えた顔も綺麗ですね」

ナバトは頰にふれ、髪にふれてきた。

なんだかひどく怖かった。

若いくせに鷹揚《おうよう》で、ファラーシャが何をしても、何を言っても怒らずに、ただ面白がっているかのような――ファラーシャが知っているナバトは、そんな男だったのに。

「ちょっと会わないあいだにずいぶん綺麗になってて……どうしてかと思ってたけど、あいつのためだったんですか？」

「ちが……っ」

答えかけた途端、乱暴に服を引き裂かれ、息を呑んだ。

「ナバト……っ」

そんなこと、あるわけがなかった。そもそもヤーレフとの再会は、今日の偶然の産物だったのだ。

認めたくはなかったけれど、身体の手入れに俄然《がぜん》熱が入ったのは、ナバトが帰ってくると聞いてからだった。本当は、アメルに指摘されたとおりだったのに。

ナバトの指が後ろの孔にふれる。

ファラーシャはびくんと身を震わせた。そのまま挿《い》れられて、一気に発情が進む。

「あ……」

どろりと溢れてくるのが自分でわかった。

「あいつとはいつからです？」

ファラーシャは首を振った。

「本当はずっとつきあってたんですか？　俺のことを騙《だま》して？」

「まさか……！」

「子供のころから、仲が良かったですよね、あなたたち。初恋の人だったんでしょう。それからずっと好きだったんですか？」

「違う……!!」

ファラーシャは声をあげた。

「そういうんじゃない、ただ、今日の昼に森で偶然会って……っ」

弄《いじ》られると、まともに喋れなくなる。

「偶然？」

「……四翼からの招待で、湖に行ったんだ。……ちょっと疲れて、アメルを連れて、湖を渡った向こうを散策してたら、……」

「あいつがいたって言うんですか？」

ファラーシャは頷いた。

「あ……！」

「それを信じろと」

　指で深く抉《えぐ》られる。

「あぁ……っ」

「何故俺に教えなかったんです？　俺が追ってる男だってことはわかっていたでしょう？」

　内襞《うちひだ》を掻《か》き回しながら問いかけてくる。喘《あえ》ぎが止まらなくなる。無意識に目を閉じ、ナバトの指を締めつける。

「……わかってた、けど、……捕まったら、処刑されるって……だから」

「俺よりあいつをとったんですか？」

「違う、そうじゃ、ない」

「あいつのことが好きなんですね」

「そういうんじゃないってば……！　ただ……幼馴染みの従兄だから……処刑されるかと思ったら、……っ」

　思いきりがつかなかったのだ。

「俺のことは覚えていなかったのに、あいつのことは覚えていたんでしょう」

「……っ、それはおまえが子供だったから……！」

　見た目が変わりすぎていて気づかなかったのだ。そのうえ、あのころの記憶自体が曖昧になっていたからだ。存在自体を忘れていたわけではない。

「そうですね。あなたの目にも映らないくらい子供でしたからね」

「もういいだろ……っ」

　早く、と口に出してしまいそうになる。ファラーシャは尋問されている内容よりも、身体の欲望に流されそうになっていた。

「……どんどん濡《ぬ》れてきますね」

と、ナバトは言った。

「発情しかけてるのはどうしてです？」

「なんでって、そういう時期なの、わかってるだろ、……だから帰ってきたんだろうが、あ、もう……っ」

　切れ切れに訴えるのを、ナバトは聞いてくれない。

「あいつに会って誘発されたんですか？　そういえ

ば、前の発情のときもあいつらに犯されかけて発情したんでしたっけ」

「……っ」

思わず、手が出ていた。ゆるせない侮辱だった。

ナバトの頬が、大きな音を立てて赤く染まる。

「あれは」

今思えば、あのとき唐突に時季外れの発情をしたのは、ナバトに出会かったからじゃなかったかと思うのだ。

けれどもそんなただの推測を、口にできるような状況ではなかった。

「あ、はぁ、あぁ……っ」

ぐちぐちと音を立てて、ナバトは後孔を掻き回す。

「気持ちいいですか？　ぐちょぐちょになって……ほら、三本入りましたよ」

「あ、あ……っ！」

後孔がぱくぱくと開閉するのが、自分でもわかる。自制したいのに、どうにもならなかった。


ファラーシャは無意識にナバトの腕を強く握り締めていた。

「まだ、だめです、全部答えてからですよ」

と、彼は言った。

「ここを慰めて欲しくて、あいつと夜に逢い引きする約束をしたんですか？」

「逢い引きじゃ、ない」

「じゃあどうして会ってたんです？　俺に隠れて……！」

「……っ……仲間、が」

はくはくと喘ぎながら、ファラーシャは必死で答えた。

「仲間？」

「薬を、届けようとしたんだ。……あいつの仲間が怪我《けが》をして、死にかけてたから、薬が欲しいって……っ」

答えてから、今のはまずかったんじゃないかと思った。でも何がまずいのか、朦朧《もうろう》としてよくわからない。どっちにしても、口に出してしまえば後の祭りだった。

「それを届けに行った？」

こくこくとファラーシャは頷いた。

「そう……」

ナバトは目を細めた。

「じゃあ希み通りにしてあげますよ」

両脚を抱え上げられたかと思うと、彼が挿入《はい》ってきた。

「あああ……！」

長く焦《じ》らされていたところを擦《こす》り上げられて、甘く痺《しび》れるような性感が突き上げる。

「あぁ、……んっ――」

唇を塞がれ、ねっとりと舌を絡められる。声を封じられたぶん、ますます悦びが内に籠もり、増幅する気がした。

ナバトは口づけに連動させるかのように、揺すりあげてきた。ファラーシャも半ば無意識にそれに合わせる。

（そこ、もっと奥）

両脚をナバトの背に絡め、腰をせりあげずにはいられなかった。

「んん……ん……ぁっ……」

呼吸を奪われ、苦しいのに、それさえも快感に繋がっていく。

「んんん……っ」

長く堪《こら》えることなどできなかった。深く抉られた瞬間、目の前が真っ白に弾《はじ》けた。

「……もう達《い》ったんですか」

ようやく唇を解放され、ファラーシャは浅い呼吸を繰り返した。

「でも、まだ終わりじゃありませんから」

「……え……？　やっ――」

ぐったりと力の抜けた身体を引き起こされ、半ば挿入ったまま裏返される。

「あ……あああ……っ、……」

無理に抉られ、ファラーシャは声をあげた。その衝撃もおさまらないうちに、首筋にナバトの唇がふれてくる。

軽く口づけ、彼は囁《ささや》いた。

「……あいつには、後ろからやらせましたか？　首を嚙《か》まれてもいいと思った？」

「そんなわけ……」

「ねえ、俺がどんなに我慢してたか知らないでしょう。……ここを嚙んで、あなたを俺のものにしたくて」

「ナバト……っ？」

後ろから抱かれるのが嫌な理由は、前に話した。

——俺は違うから、あなたが嫌なら、絶対無理矢理つがいにしたりしませんから……！

ナバトはそう言ってくれたのに。

ファラーシャは這《は》って逃げようとしたが、すぐに捕まって引き戻された。

「あ……あああ……っ!!」

抜けかけた性器が再び挿入される。

「やめ」

けれども一度受け入れて開かれたままの場所は、それを拒むことができない。

「ん、あぁぁ……っ」

這わされたまま、奥の奥までごりごりと犯される。

ひどいと思う。なのに発情した身体には、その抽挿が気持ちがよくてたまらなかった。

「あ、あ……っ」

ナバトの唇が何度もうなじにふれてくる。嚙まれるのは嫌なのに、そのたびにぞくぞくした。感覚を散らそうと、ただ本能で、ファラーシャは何度も首を振った。

それを制するように後ろ髪を摑まれ、頭だけを仰《あお》向《む》かされる。

「ん……っ」

無理な姿勢で、また唇を塞がれた。

「ふぁ……っ」

苦しさに開いた口の中に、舌が入り込んでくる。

何度も蹂躪《じゅうりん》されて、粘膜がひりつくほどだった。

（ああ……でも）

そういえば最初から、ナバトはよくキスしてきたものだった、とファラーシャは思い出す。

こんなふうに、長くて深いキスを。


発情期が終わり、目が覚めたときには、ファラーシャは杣小屋の粗末なベッドではなく、七翼の自分の部屋にいた。

いつのまに運ばれたのかさえさだかではない。

（途中からは、ここだったと思うけど……）

身体には、未《いま》だ情交の疲労が深く残っていた。

（あいつ……人の話も聞かないで）

まるで淫乱のように詰《なじ》られたし、ひどい抱きかただったと思う。あんなふうに扱われたのは、七翼へ来てから初めてのことだった。

けれどもそう思う反面、ファラーシャにとってそんな行為は、何故だか不快なばかりではなかったのだ。

ナバトの嫉妬に隠された、愛——のようなものをぶつけられた気がして。

（あんなのは、初めてだった）

強引で、濃厚で、激しくて——思い出すと、顔が火照る。

（……って、何を反芻《はんすう》してるんだ、ひどい目に遭ったっていうのに）

ファラーシャは記憶を胸に押し込めて、ベッドに身を起こした。

（ナバトは……？）

発情期のあいだは、目を覚ませばすぐ傍にナバトの腕があったのに。

「ナバト様なら、既に発たれましたよ」

アメルを呼んで問えば、そう答えが返ってきた。

「発ったって……」

「お仕事の続きだそうです」

では、またヤーレフを捕まえるために出て行ったのか。

事態は何も変わってなどいない。そう思うと、深いため息が零《こぼ》れた。

8

それから、以前にも増して憂鬱な日々がはじまった。

前は退屈なだけだったけれど、今は心が晴れるときがない。ヤーレフのことも気になったし、ナバトのことも気になっていた。

仕事に戻っていったナバトは、あれ以来手紙の一通も寄越さなかった。

そのことが、ファラーシャの胸に重く影を落とす。

（……まさか、このままになったりしないよな？）

自分とナバトには、アルファの王子を儲《もう》けるという共通の目的があるのだ。

いくら諍《いさか》いをしたからと言って、簡単に終わったりするはずがない。

それに、あのときはナバトも動転してヤーレフとのことを疑ったかもしれないが、冷静になって考えれば、何もなかったことはわかるはずだ。

（お互い離れて頭を冷やせば、いずれは元通りになれるだろうか。

……）

――俺を信じて。後宮には、他に誰も入れないと約束します。そのかわり、あなたも誓ってください

誓いを破ったつもりはない。

だが、ナバトに言わずにヤーレフと会っていたのは事実だ。

もしかしたら、七翼を逐われることもありうるのだろうか。

そう思ったら、足許が真っ暗になったような気がした。

（出て行きたくない）

伯父の家に戻ることを考えただけでぞっとした。

七翼を出て、伯父の家に戻れば、伯父や母にどれ

ほど罵られるかわからない。だが、責められることを忌避する以上に、純粋に二人に会いたくない気持ちのほうが強い。——血の繋がった身内なのに。

（ここにいたい）

伯父の家にも、母の許にも戻りたくない。

七翼を離れたくなかった。

七翼はファラーシャにとって、オメガだとわかってから初めて見つけた安らげる居場所だったのだ。そのことに、ファラーシャは今さらのように気づいた。

ナバトのオメガは自分だけで、大事にされて、やさしくされた。七翼を管理する仕事も、好きではじめたわけではないが、果たすべき役割があることで満たされたものがたしかにあった。

何よりも。
（ナバト）
彼との暮らしは楽しかった。

彼もそう思っていると思っていた。


でも、出て行けと言われたら？

ファラーシャは無意識に小さく首を振っていた。

（今のところ、そんな話はないわけだし）

そもそもあれから、ナバトからは何の音沙汰もないのだから。

（こっちからも、手紙も出してないけど）

どう書いたらいいか、わからなかった。

それにファラーシャの中には、ナバトを失いたくない気持ちと裏腹に、向こうから謝ってくるべきだという気持ちもある。

（逢い引きなんかじゃなかったって、何度も言ったのに）

なのに少しも聞いてくれず、ファラーシャを責めるナバトの手は止まらなくて。

思い出すと、吐息が零れる。

どこかぼんやりして着飾る気力も湧かなかったが、もしもナバトが前のようにいきなり帰ってきたら——そう思うと手を抜くこともできず、毎日しっかりと磨き込む。

（こんなことしたって、また他の男のためだとか、誤解されるだけかもしれないのに）

タヴィールは相変わらず気遣って、よく招いてくれる。

食事にも茶の席にも、めずらしいものをさまざまに取りそろえてくれていたが、それもだんだんと喉を通らなくなっていく。

そこまで気に病んでいるつもりなどないのに、自分でも不可解なほどだった。

「どうしたの、ぼうっとして」

タヴィールに声をかけられ、ファラーシャははっと顔を上げた。

「え、いや……」

「このごろ、調子悪そうだよね」

「別にそんなことは」

調子が悪い、わけではないと思う。余計なことを考えているから、ぼうっとしている時間が長いだけで。

「ナバトとまだ仲直りできない？」

「！　どうして」

そもそも、喧嘩《けんか》したことさえ話してはいないのに。

「ナバトから全然手紙が来てないからさ。僕のところには、たまには来るのに」

以前は、ナバトは鬱陶しいほど頻繁に手紙を寄越していたのだ。タヴィールが変に思うのは当然ではあった。

「……いろいろあって……」

「ふうん？」

それ以上、突っ込まれなかったのはありがたかった。

ヤーレフのことを話すわけにはいかないからだ。

（もし話したら……タヴィールにも俺がナバトを裏切ったって思われるんだろうか）

いくら今のところタヴィールとは上手くいっているからといって、彼が親切にしてくれているのは、ファラーシャがナバトのオメガだからだ。

ナバトを裏切ったと思われたら、タヴィールともきっと今のようにはつきあっていけなくなる。もし別れるようなことでもあれば、彼との縁も切れる。

そう思ったら、息苦しいような痛みを覚えた。

ナバトのこととは別に、タヴィールとも離れなければならないかもしれないことは、ファラーシャの胸にひどく堪《こた》えた。

——家族なんだから
以前、タヴィールがそう言ってくれたときは、鼻で笑ったけれど。

いつのまにかファラーシャの中にも、タヴィールを家族のように思う気持ちが芽生えていたのだろうか。

「ね、ファラーシャ」

「えっ？」

「それはそれとして、やっぱりお医者様に診てもらったらどうかと思うんだ」

と、タヴィールは言った。

「そんな……食べられないくらいで大袈裟な」

「どうせ暇してるんだし、たまには健康診断ぐらいしたほうがいいって。ね？」

「暇してるのはあんただけだろう。俺はいろいろやることがあるんだから」

とはいうものの、四翼では毎週イスマイルの診察を受けていたが、七翼にはそういう制度はない。

ふとそのことに気づくと、自分というよりむしろタヴィールのことが気になった。

（たまには、タヴィールだって健康診断ぐらい受けたほうがいいんじゃないか？）

「……そうだな」

と、ファラーシャは言った。

「ついでにあんたも受けるっていうんなら、診てもらってもいいけど」

そんなわけで、ファラーシャはタヴィールとともに医師の診察を受けることになったのだ。

「ご懐妊です」

診察結果は、考えもしていなかったものだった。

「おめでとう！　ファラーシャ!!」

呆然《ぼうぜん》とするファラーシャより先に、タヴィールが抱きついてきた。ちなみにタヴィールも、特別悪いところは見つからなかった。

「そうじゃないかと思ってたんだ！」

「……。…………」

驚いて、声が出ない。

「どうしたの？　嬉しくない？」

「……っ……」

タヴィールの祝いの言葉を理解するとともに、ひどくふわふわした気持ちになった。

（子供ができた。……ナバトと俺の）

無意識に、腹に手を当てる。

（……嬉しい、のか、今……）

「自分で全然気づいてなかったの？　そもそもアルファの王子を産むために、ナバトの後宮に入ったんじゃなかったわけ？」

「あ……」

たしかにそのとおりだ。一日も早くアルファの王子を産みたかったから、発情期にナバトがいないことに憤ったりもしたのだ。前回の発情のあとなどは、できているのではないかと体調にもひどく神経質になったりもしたのに。

あまりにもいろいろあったから、このところそんなことはすっかり忘れていた。発情期に抱かれたのだから、子供ができていても何の不思議もなかったのに。

（……嬉しい、のは、アルファの王子を産めるかもしれないから……だよな）

ナバトの子供を身籠もったこと、それ自体というわけではないはずだ。

（そうだ。第二性別が判明するのはだいぶ先のことにはなるけど、この子がアルファの男子なら、いずれは玉座を継げるかもしれない。……復讐《ふくしゅう》が叶う）

ずっと目標にしてきたことに一歩近づけた。嬉しくて当たり前だ。

「あ、そうだ。ファラーシャ、急いでナバトに手紙を書かなきゃ」

と、タヴィールは言った。

「え？」

「子供ができたこと、知らせなきゃだろ？　僕が書いてもいいけど、こういうことは、やっぱりねえ」

「……」

たしかに、子供ができたことは、手紙を書くきっかけになる。

絶対に知らせなければならないことだし、知ればナバトもきっと喜ぶ。

（あいつだって待ち望んでるはずなんだから）

こっちから吉報を送れば、ナバトだってきっと返事を寄越すだろう。元通りになるきっかけにもなるかもしれない。

「……そうだな」

と、ファラーシャは答えた。


けれども、なかなかペンは進まなかった。

以前は何の躊躇《ためら》いもなく書けたし、むしろ香料を染みこませたり、艶めいた色の紙を選んだり、言葉を駆使して挑発するのが楽しくさえあったものを。

今は書いては捨て、書きかけては破るの繰り返しだ。

「もったいない。これなんか凄く良く書けてるのに」

拾い上げてアメルが言う。

「人の手紙を勝手に見るな」

ファラーシャは、アメルの手から手紙を奪い返した。

（やっぱり小姓が字なんて読めても、ろくなことはないじゃないか）

ジブリールは間違っている。

びりびりと引き裂いて再度屑籠《くずかご》に投げ、そしてまた紙に向かう。

そもそも紙自体がずいぶん高価なものなのだ。たしかにもったいない話ではあった。七翼がこれほど豊かでなかったら、小言の一つも入るところだ。

ため息が漏れる。

（一応、子供のことを伝える前に、あのときのことを……）

謝る、必要はないはずだ。

（あいつが誤解してるだけで、何もなかったんだし）

もう一度きちんと説明して、誤解を解けばいいだけだ。

そう思ってペンを走らせるのだが、どうも上手くいかなかった。

（俺は悪くない。むしろ、誤解であんな滅茶苦茶したあいつのほうが謝るべきだろ）

いっそ事実だけを端的に書いたほうがいいのかもしれないと思い、懐妊したとだけ書いてみても、いくらなんでも素っ気なさ過ぎる気がしてしまう。

仮にも朗報を伝えるのに、これはない。

――思ったことを素直に書けばいいんじゃないの？

とタヴィールには言われたが、それがなかなか簡単ではなかった。


そうして書きあぐねるうち、いつしか何日も過ぎてしまった。

そんなある日のことだった。

めずらしくタヴィールが、ファラーシャの部屋へ駆け込んできた。

「こ、これ……!!」

と、手紙を突きつけてくる。

差出人はナバトではなく、ナバトの部下からだった。

「ナバトが……ナバトが怪我したって」

「え……!?」

受け取った用箋を慌てて広げれば、賊を追う途中で狙撃され、重傷だと書いてあった。

ざっと自分の血の気の引く音が、聞こえた気がした。

「……重傷……って」

「一応、命に別状はないとは書いてあるけど……どうしよう」

「すぐに行かないと」

「えっ」

タヴィールは目をまるくする。

「行くって……ナバトのところに?」

「決まってるだろ」

居ても立ってもいられなかった。

「ファラーシャ……!」

タヴィールは、すぐにも動き出そうとするファラーシャの手を握り締めた。ファラーシャは動き出した足を止める。

「ナバトのこと、本当に愛してくれてるんだね。……ありがとう」

「……愛……」

その言葉に、ファラーシャは胸を突かれた気がした。

——ナバトに惚れてんの?

同時に、ヤーレフの科白を思い出す。

(……別に惚れてなんか)

自分の行動が急に気恥ずかしくなる。

(……俺は何をやってるんだろう?)

自分が行ったからといって、ナバトが治るというわけではない。何より大事なのは、アルファの王子を産むことだ。

ナバトはそのための道具のようなもののはず。それなのに。

行くのをやめるという選択肢が、どうしても選べない。

「……ナバトは今、どこにいるんだ？」

「ここに書いてあるけど」

「近くじゃないか！」

都の外れにある古い砦《とりで》だ。

そんなところにナバトがいるということは、このあたりにヤーレフが潜伏しているということなのだろうか。

どちらにしても、不幸中の幸いだった。

「……わかった」

と、タヴィールは言った。

「じゃあ念のために、先生に一緒に行ってもらおう」

先生というのは、七翼付きの医師のことだ。

「え、でも……」

「大事な身体なんだから」

たしかに、近距離の移動とはいえ、身籠もっていることを思えば、医師がいれば心強い。

「あと、護衛もつけるから、くれぐれも気をつけて」

いつにない手回しの良さに驚きながら、ファラーシャは頷く。

「せっかく行くんだから、子供のことも知らせなきゃね？　きっと凄く喜んで、一発で元気になると思うから」

「そう……かな」

「絶対だって！」

タヴィールは再びファラーシャの手を強く握る。

彼に見送られて、ファラーシャは昼には出発した。

「気をつけて。ナバトによろしくね」

「ああ」

「ちゃんと仲直りするんだよ」

という言葉には、なんと答えたらいいかわからなかったけれども。

タヴィールが手配してくれた大型の揺れにくい馬車をゆっくりゆっくり進め、ひどく気を揉みながら、医師に言われて途中の宿で一泊した。

（ナバトは、もしかしたらこうしてるあいだにも……）

そう思うと気が気ではなかったが、子供の安全を考えると、医師の言うことを無視できない。

（命に別状はないとは書いてあったけど……）

宿は、もともとは王族のものだったという、輝くような白亜の館を改装したものだった。

噴水と水槽のある吹き抜けの中庭は美しく、ふだん後宮から出られない身にはめずらしい。供された食事も豪華だった。

けれども、ファラーシャは上の空のまま、味もあまり感じられなかった。ナバトのことが気になって。

――ナバトのこと、本当に愛してくれてるんだね。……ありがとう
（……別に愛してるとかじゃない）

――ナバトに惚れてんの？

（誰のことも好きになったりしない。ましてやアルファなんか）

だったら、身重の身体を押してまで、こんなところまで来たのはどうして？

（……共闘してるんだから、心配ぐらいするのは当たり前だろ。せっかくアルファの王子を産んだとしても、ナバトの後ろ盾がなきゃ……）

首を振り、いやな想像を追い払う。

会いに行ったからといって、どうなるものでもないけれども。

（早めに休もう）

考えてもはじまらない。

そもそもここに一泊することにしたのは、身体を労《いたわ》るためなのだ。

ため息をつきながら、ファラーシャは席を立つ。

その途端、立ちくらみがした。

「……っ」

再びソファに沈み込む。同時に、吐き気までせりあがってきた。

「ファラーシャ様、大丈夫ですか……!?」

覗き込んでくるアメルに、小さく頷く。これがもしかして、悪阻《つわり》というものだろうか。

「先生を呼びますか!?」

高齢の医師は先に部屋へ戻っているが、何かあればいつでも呼ぶようにと言われていた。

「大丈夫……別に病気じゃないんだし……」

と答えながら、顔を上げ、ファラーシャは瞠目《どうもく》した。

「ナバト……!?」

中庭の入り口に、部下を引き連れた彼の姿を見つけたからだ。

「ファル……!?」

ナバトもまたファラーシャを見つけて声をあげる。

駆け寄ってくるナバトは軍装をきっちりと身につけ、どこも痛めているようには見えない。

(無事だった……)

何よりもまず、そのことにほっとした。

(でも、どういうことなんだ?)

わけがわからなかった。重傷を負っていたのではなかったのか。

「おまえ、どうして」

「あなたこそ、どうしてここにいるんです」

「だって、……おまえ、……」

じろじろと彼の身体を検分してしまう。

驚きと同時に、喜びも見て取れたナバトの表情が、ふいに翳《かげ》った。

「まさか、あいつと……?」

「え?」

「あいつとここで会うつもりなんですか?」

「あいつって?」

「ヤーレフに決まってるでしょう……!」

「何を馬鹿なこと……!!」

ファラーシャは呆《あき》れて声を荒らげた。

「そんなわけないだろ!!」

「じゃあどうしてこんなところにいるんです!?」

ナバトが重傷だと聞いたからだ。何も考えずに飛び出してきたのだ。

(……心配で)

だが、ナバトは見たところ、どこにも怪我などしていない。

タヴィールに一杯食わされたのだ、とさすがに悟った。

どうりで、彼にしては異様に手回しがいいはずだった。

ファラーシャに偽の手紙を見せた時点で既に医師との相談も済んでいて、馬車も宿も手配してあったに違いない。

そういえば、最愛の息子が重傷を負ったというのに、タヴィールはさほど動揺しているようにも見えなかったたし、自分が行くとも言わなかった。

そのことに気がつかないほど動転していたのかと思うと、簡単に騙された自分が滑稽だった。

(挙げ句に疑われて)

馬鹿みたいだと思う。

タヴィールは、心配して仲直りさせようとしてくれたのだろう。けれどいきなり疑ってかかるナバトに、その気があるのかどうか。

「……具合悪そうだけど」

頭を抱えて黙り込むファラーシャに、ナバトは言った。

「医者を呼びましょうか?」

「……医者なら連れてきてる」

「え? 連れてきてる?」

「……」

「ファラーシャ様」

アメルが小声で袖を引いた。本当のことを言え、と促してきているのだ。

たしかに、さらに気まずくなるために来たわけではない。それに、伝えなければならないこともあるのだ。

ナバトを見上げれば、彼は怪訝《けげん》そうに見つめ返してくる。そんな表情に、顔を見たままでは言えなくなる。

ファラーシャはまた目を逸らした。

「――子供ができたんだ」

こんなふうに伝えるつもりじゃなかったのに。

「え……っ、本当に!?」

ファラーシャは頷いた。顔を上げれば、ナバトの見開いた瞳が輝く。

「この前の発情期のあと何も言ってこないから、てっきりだめだったかと思ってたんですよ!? でもそうじゃなかったんだ……!」

そっちだって近況の手紙一枚寄越さなかったくせに、と思う。けれどもそれを言ったら、まるで待っていたように思われそうで、ファラーシャは口を噤《つぐ》んだ。

「わざわざ知らせに来てくれたんですか?」

「そういうわけじゃない」

「ファラーシャ様……!」

アメルがまた袖を引く。

「じゃあどうして」

ナバトの目に、不審の色が浮かんだ。今のは誤解を招く言いかただったと思ったが、言い訳する間もなくナバトは言った。

「なんですぐに知らせてくれなかったんです? ……というか、俺がこの宿にいるなんて、知るわけないですよね……?」

「それは」

「もしかして、……俺の子じゃない、ってことですか?」

「はあっ!?」

ファラーシャは反射的に怒鳴っていた。

「ばかしね!!」

グラスに残っていた酒を、思いきりナバトの顔に掛け、立ち上がる。

馬鹿なやりとりをしているうちに、具合の悪さささえどこかへ飛んでいた。

ファラーシャは中庭を出て、あとも見ずに自室へと向かった。

§§§

深いため息をつき、ナバトは椅子《いす》へと沈み込んだ。

(何をやってるんだ、俺は……)

せっかくファラーシャが来てくれたのに。

(しかも子供ができただって?)

待ち望んでいた子供だ。

嬉しくないはずがない。

(だけど、本当に「来てくれた」のか？　ここに俺がいるなんて知るわけがないのに？)


ナバトは、ファラーシャがこの宿にいたのは、別の目的があったからではないかと邪推せずにはいられなかった。

ナバト自身がここにやってきたのは、ヤーレフが資金稼ぎのために、次はこの宿を襲うと情報を得たからだったのだ。金持ちが集まるところには、常に金も宝石も唸《うな》るほど持ち込まれている。

同じ場所にファラーシャがいたのは、ヤーレフに会いに来たからではないのか。

(だとしたら、子供ももしかして)

そのことを、あの男に知らせるために来たんじゃないのか、と。

(まさか、ありえない)

第一、発情期がはじまってから最後まで、ファラーシャとはずっと一緒だったのだ。他の男と会う隙などなかった。

(……だけど発情期の直前までは、ファラーシャはあの男と)

妄想を振り払うように首を振る。

あくまでもあれは直前だったし、ファラーシャは何もないと言った。

嫉妬に狂ってひどいことをしてしまったけれど、本気で疑っていたわけじゃなかった。ただそれでも、荒れ狂う心を抑え込むことができなかっただけだ。

（あれでファラーシャは俺に愛想を尽かして、ここであの男と逢い引きを？）

「……バト様。……ナバト様、あの……」

声をかけられ、ナバトははっとした。

ふと見れば、ファラーシャについていったとばかり思っていたアメルが、手拭いを差し出していた。

「……ありがとう」

ファラーシャにかけられた酒を、それで拭う。

彼が差し出してきたものは、もう一つあった。

「……？」

破れてひどい皺《しわ》になったものを継ぎ合わせた、何枚もの紙だった。

「これは、何？」

「ごらんになればわかります」

と、アメルは言った。

「ナバト……っ!!」

彼を呼ぶ悲鳴のような声が聞こえたのは、そのときだった。

§§§§

ファラーシャは憤然と中庭から建物の中に入り、自室へ向かった。

だが、廊下の突き当たりにある階段を上ろうとした瞬間、後ろから手で口を覆われたのだった。

（この感触……！）

以前にも覚えがある。

（ヤーレフ……!?）

身じろぎ、わずかに振り向けば、間違いなく彼だった。

「また会ったな」

（なんで……っ）

彼が何故ここにいるのか、さっぱりわからなかった。

けれども、ナバトが自分を疑った理由だけは、これで腑《ふ》に落ちた。

なんらかの理由でヤーレフがここにいることを、ナバトは知っていたのだ。

（でも、だからって……っ）

すぐに疑いを持つのはどうなのか。

「痛っ――」

必死になって噛みつくと、ようやくヤーレフの手が離れる。

「何やってるんだよっ、放せ……!!」

「なんでこんなとこにいるの?」

「おまえに関係ない……っ」

ヤーレフは目を細める。

「でも、いいところで会ったかもな」

「え?」

「ヤーレフ！ ずらかるぜ!!」

廊下の曲がり角から顔を出した彼の仲間が声をかけてきた。

「ああ」

「逃げ切れるとでも思ってるのか!?」

「――そうだな。人質がいればな」

「は?」

ファラーシャは咄嗟に踵を返し、中庭に戻ろうとする。だがすぐに腕を摑まれ、止められた。

「放せ、ナバト……っ」

あらんかぎりの声で叫ぶ。

「ナバト!!」

「――おっと」

首筋にヤーレフの手がふれる。圧迫を感じたかと思うと、すっと気が遠くなった。

「騒ぎ立てんなよ。……っても、もう聞こえてないか」

ふわりと抱き上げられる。

それを最後に、ファラーシャの意識は途切れた。


蹄と車輪の音がする。

頭の下はやわらかいけれど、寝心地は良くなかった。揺さぶられ続けるのが、子供にいいはずがない。

(ここは……?)

はっと目を瞬かせ、馬車の中であることに気づいた。向かいの座席には、見知らぬ男たちが座っている。

身を起こすと、ひどい眩暈《めまい》がした。

「大丈夫か?」

かけられた声は、ヤーレフのものだった。

おまえのせいだろう、と怒りが突き上げる。

ファラーシャは、彼の膝を枕に横たわっていたのだ。

「どこだよ、ここ!? 今すぐ降ろせよっ」

込み上げる吐き気に唇を押さえながら、訴える。

「降ろせと言われて降ろすくらいなら、連れてくるわけないだろ」

腹立たしいが、もっともなことではあった。悔しさに手を握り締める。

(ナバト……)

こんなつもりじゃなかったのに、またナバトの仕事を邪魔してしまった。安易に出てくるんじゃなかった。

自責の念が押し寄せてくる。

ふだんなら全力で暴れて逃げ出すところだが、孕《はら》んでいる身でそんなことをすれば、子供が無事では済まないかもしれない。まず何より、子供を守らなければならなかった。

(くそ……っ)

しかも馬車の中には他に二人、ヤーレフの仲間らしき者たちがいる。

「――そういえば、あの子は？」

ファラーシャはふと、思い出していた。彼にとってすべての発端となった、怪我をした少年のことを。

「おかげさまで」

「たすかったのか……」

その答えにほっとしたが、よかったと言っていいのかどうか。

「……おまえも、なんか顔色悪いな？」

問いかけられ、見返す視線もきつくなる。

「睨むなよ。どっか適当なところで解放するからさ」

だったら今すぐ解放しろと思うけれども。

ヤーレフは言った。

「それともおまえ、俺たちと一緒に来る？」

「……え？」

思いもよらなかった科白に、ファラーシャは思わず目をまるくした。

「おまえだって、今の王には恨みがたっぷりあるんだろ？　俺とおまえで組んだら、クーデターが起こせるかもよ？　血筋はこっちのほうが正統なんだ」

「馬鹿馬鹿しい……！」

上手くいくとはとても思えなかった。もともと冗談なのか、ヤーレフは笑った。

「じゃあ、国を捨てるのは？　――楽になれるぜ」

ヤーレフはファラーシャの顎を持ち上げ、覗き込んできた。

「……っ」

ファラーシャはその手を振り払う。

彼らは国外に逃げるつもりなのだろうか？

（オルタナビアを出る）

しがらみも身分も何もかも、すべて捨てて逃げる。

――考えたこともなかったけれど、そんなことができたら。

ほんの数ヶ月前なら、たまらなく惹きつけられたかもしれない誘いだった。

（でも、今は）

連れ出されたら、もう簡単には戻れなくなる。国にも――七翼にもだ。

「ナバトと離れたくない？」

「……」

「やっぱ好きなんだ？」

「――……そういうわけじゃ……」

「何だよ、違うの？　それとも認めたくねーのかよ？」

その言葉に、思わず顔を上げてしまう。ヤーレフは唇で笑った。

「どうして。ナバトだっておまえのこと、昔から大好きだろうに」

「懐いてただけだろ」

何週間も手紙一通寄越さなかったうえに、再会した途端暴言を吐かれたところなのだ。

（昔から大好き、だって？）

「所詮、あいつもアルファなんだし」

ヤーレフは目を眇《すが》めた。自身もアルファとして、何か思うところがあるのだろうか。

「アルファはオメガを本気で好きになったりしない――と、思ってる？」

ユーディウとジブリールのこともある。あれがどれほど強い結びつきなのかは知らないが、例外は存在するのかもしれない。

（でも、滅多にあることじゃないだろ）

ファラーシャにはナバトに――というより、自分がなれなかったアルファに対して、どこか意地になっているようなところがあるのかもしれなかった。

「それとも、怖い？」

「怖い……？」

「愛されるのが」

「――……」

何も怖くなどないつもりだった。けれどその言葉には、妙に腑に落ちる部分があった。

母を寵愛するあまりアルファの王子を得られず廃

嫡された父や、愛する夫を失った恨みを息子にぶつけずにはいられない母の傍で育つうち、愛を厭《いと》わしく、得体の知れない恐ろしいものとして感じるようになっていたのかもしれなかった。

アルファだから、オメガだから、という以上に、愛情自体が怖い。最初は純粋な愛だったとしても、いつ変質するかわからないのだ。

「ナバトも可哀想に」

と、ヤーレフは言った。

「信じてやればいいのに。あいつ、子供のころからずっと一途におまえのこと好きみたいじゃん。ま、俺が言うことでもないけど」

「……」

——俺は違うから！　あなたが嫌なら、絶対無理矢理つがいにしたりしませんから……！

ナバトの声を思い出す。

ファラーシャは半ば無意識に、包み込むように腹に手をふれる。

ふいに馬車が停まったのは、そのときだった。

「どうした!?」

「検問です……！」

御者《ぎょしゃ》の声が響く。

ヤーレフが馬車の窓から顔を出し、小さく口笛を吹いた。

「ナバト、やるじゃん」

同様に外を覗いてみれば、一個中隊ほどもいそうな兵士たちが、道の前方を塞いでいた。この道を通るとみて、ナバトが待ち伏せさせておいたのだ。

同時に、後ろから十数騎の馬が駆けてきた。その先頭にいるのはナバトだ。

（ナバト……！）

「挟み撃ちだな」

「どうする、ヤーレフ」

仲間たちが口々にヤーレフの指示を仰ぐ。

「ああ。——降りろ」

彼はファラーシャを促し、馬車から連れ降ろした。

そして首筋に剣を突きつけ、命令する。

「止まれ!!」

ナバトが馬を止めた。

「その人を放せ……!!」

「兵を引かせるのが先だな」

ヤーレフは言った。

「全員に武器を捨てさせ、道を開けろ……！」

そんなことが簡単にできるわけがなかった。

ヤーレフを取り逃がせば、ナバトはどれほど国王の不興を買うだろう。動かしている兵の規模を見れば、どれほど本気で王がヤーレフを捕まえたがっているか、わかるのに。

「——武器を捨てろ」

だが、ナバトは部下たちに命じた。

「しかし」

副官らしき男が遮る。けれどもナバトは重ねて言った。

「捨てろ!!」

躊躇いながらも、部下たちが銃器を置く。

「よし、そのまま下がらせろ」

「——下がれ」

彼らは武器を置いたまま、手の届かない後方へと移動した。

（……俺が捕まらなければ）

ヤーレフを捕らえることができた。ナバトはほとんどヤーレフたちを追い詰めていたのだ。

それなのに。

「もういいでしょう。ファラーシャを放せ」

「どうかな。人質を解放した途端、蜂の巣ってのもありうるよな」

武器から離れたとはいえ、ファラーシャが解放された瞬間、駆け戻って一斉射撃を開始すればどうなるか。

「撃たないし、撃たせない。約束します」

「約束——か」

ヤーレフは鼻で笑った。

何の保証もない約束なんて、信じるほうがどうかしている。それくらいなら人質を捕らえたまま逃げたほうがずっと有利だ。

彼はファラーシャを解放しないだろう。そして自分はナバトを邪魔し続けることになる。

悔しさと憤りで、じわりと涙さえ浮かんだ。

そのときだった。

「な……」

ナバトが、膝を折った。

「ナバト……っ!!」

ファラーシャは思わず叫んだ。

「やめろ、立てよっ、おまえがそんな……っ!!」

夢中で駆け寄ろうとしたが、ヤーレフの腕は強く、放してもらえなかった。

「ファラーシャを解放してください」

と、ナバトは言った。

「お願いします」

「お願いされてもな……、そう簡単に言うこと聞くと思う?」

「解放してくれたら、追手はかけないし、銃撃もしません」

「――俺を逃がしたら、おまえのほうが無事では済まないかもしれないのに?」

国王からどんな処分を下されるかわからない。だが、ナバトは引かなかった。

「わかっています。けど、その人はあなたにとっても大事な人でしょう……!?」

そんなことはない。それはもう昔の話なのに、ナバトは誤解している。

「……子供がいるんです」

と、ナバトは言った。

「は……?」

想定外の言葉だったようだった。ヤーレフの視線がファラーシャの顔を捉え、腹部へと移っていった。

「――へえ……」

彼は目を細めた。

「アルファの王子とは限らないぜ」

「そんなことはどうだっていいんです。——子供も、本当はどうでもいいんだ、ただファルを返して欲しいだけなんです……！」

「……ナバト……」

彼は——彼もまたアルファの男子を産ませるために、ファラーシャと共闘することを決めたはずだった。

なのに、それはどうでもいいという。

——信じてやればいいのに。あいつ、子供のころからずっと一途におまえのこと好きみたいじゃん
先刻のヤーレフの言葉が耳に蘇った。

「ファル、か……懐かしいな」

後ろで、ヤーレフが軽く笑った気配がした。

「約束守れよ、ナバト……！」

かと思うと、とん、と背中を押された。

よろめいて、数歩進んで崩れるのを、駆け寄ってきたナバトの腕に受け止められた。

「ファル……!!」

強く抱き締められる。

その力強さと温かさに、ひどくほっとした。ファラーシャも応えるようにナバトの背中に腕をまわす。

「……ナバト……ごめん」

わずかに振り向けば、ヤーレフの馬車が去っていくのが見えた。

「——誰も撃つな……！」

武器に駆け寄ろうとする兵士たちを、ナバトが制する。

馬車から顔をのぞかせたヤーレフは、軽く手を上げて笑った。

「怪我はない!?　何かされませんでしたか……!?」

「大丈夫」

答えたものの、すうっと目の前が暗くなっていく。ほっとしたのと同時に、悪阻と心労が限界に達したのだ。

「……でも、少し……」

ファラーシャはナバトの腕の中で、気が遠くなっていくのに身を委ねた。

9

目を覚ましたときには、ファラーシャは宿の自分の部屋のベッドに寝かされていた。

すぐ傍にナバトが座っていて、それだけでひどくほっとした。

「ナバト……」

「よかった……気がつきましたね。ずっと眠っていたんですよ」

彼はやわらかな笑顔を見せる。

「気分はどうです？」

「……悪くはない」

「そう。よかった」

「……子供、は？」

それほどひどい扱いを受けたりしたわけではないが、身体に負担をかけたのは否めない。一抹の不安を抱いて問いかける。

「大丈夫ですよ。安定しているそうです」

その答えに、胸を撫で下ろした。

「ヤーレフは……？」

「逃げましたよ。あのまま」

「そうか……」

ヤーレフが捕縛されなかったことに、ほっとする部分がある。

けれどもそれは、ナバトが自分のために兵を引いてくれた結果だ。

そのせいで、ナバト自身は処罰を免れないだろう。

謝らなければ、と口を開くより早く、ナバトは、ファラーシャの手を両手でぎゅっと握り締めた。

「……ごめんなさい」

と、彼は言った。

「……。どれのことだよ？」

「はは」

ナバトは頭を抱えながら失笑した。

「いろいろ全部。あなたのことを疑ったことも、この前の発情期のときにひどいことをしたことも」

――もしかして、……俺の子じゃない、ってことですか？

ナバトの科白とともに、あのときの憤りが蘇ってくる。

「子供のことで疑うなんて本当、信じられねーな」

しかも発情期のあいだずっと一緒にいて、間違いなどないことは明らかだったはずなのに。

「わかってます。本当にすみませんでした」

じろりと視線を向ければ、ナバトは平謝りに謝った。

「本気で疑ったわけじゃなかったんです。ただ、あなたたちがあの小屋で逢引してたんじゃないかって、ちらっと思ったら……嫉妬でおかしくなってしまって」

「ばか」

「ええ」

「本当に馬鹿だな」

「すみません」

ナバトは握り締めた手に頭を伏せる。

「それから？」

「え？　……ええと」

「……前の発情期のあと、手紙一通寄越さなかった」

「あ……」

「謝る気があったんなら、すぐ書くべきだったんじゃないのかよ。タヴィールには何通も出しておいて」

「そうですね。……すみません。それも、俺のせいです」

謝って、けれどナバトは少しだけ笑みを浮かべる。

「せっかく待っててくれたのに」

「！　……別に待ってたわけじゃ……っ、ただそれくらいして当然だって……！」

「わかってますよ、俺が悪かったんです。わかってますって！」

思わず出そうになる手を、ナバトは軽く握って受け止める。

「……手紙を、書こうとはしていたんです。何度も、毎日。でもなんて書いたらいいかわからなくて、書いては破り、書いては破り……あなたと同じ」

「は？　俺は別に……っ」

「アメルが教えてくれましたよ」

「……！　……何を」

嫌な予感を覚えつつ、聞いてみれば、ナバトは胸の隠しからちらりと皺になった紙の端を覗かせた。

ファラーシャが書きかけて破棄した、手紙の書き損じだと咄嗟に悟った。

「それ……っ」

取り戻そうと起き上がれば、眩暈に襲われる。

「お……っと」

ナバトはよろめく身体を支え、ファラーシャの背に枕を二つ入れて上体を起こさせた。

「返せよ、それ」

「だめですよ。俺がもらったものだし、一生の宝物にするんですから」

ファラーシャは舌打ちした。

「アメルのやつ……っ！」

主人が捨てたものを、こっそり拾って渡していたなんて。

「余計なことを!!　やっぱり小姓に字なんか覚えさせるべきじゃなかった……！」

あとで絶対締めてやることにする。

「俺は嬉しかったですよ。あなたの考えてたことがわかって。……俺だけだって書いてくれてましたよね」

たしかにそんなことも書いたかもしれない。でもそれはあまりに気恥ずかしくて、ちゃんとなかったことにしたはずだったのに。

「なのに、疑ってすみませんでした。この宿にいた理由も、アメルに聞きましたよ。……俺が怪我したって聞いたからだって」

「タヴィールに騙されたんだ……！」

ファラーシャは目を逸らした。頬が火照る。

「ええ。あの人は本当にもう、なんと言ったらいいか……、二度としないように、俺からよく言っておきますから」

けれどもファラーシャは、タヴィールに怒っているというわけでもないのだ。

彼の性格はわかっているし、そんなことでもなかったら、ナバトとの仲直りにさらに時間がかかっただろうことは事実だからだ。

ファラーシャはため息をついた。

「……もういい。悪気があったわけじゃないのはわかってる。俺がいつまでもぐずぐず子供のこと知らせなかったから、きっかけをつくろうとしてくれたんだろ」

それにしてももっとやりようはあっただろうとは思うものの、彼が心配してくれたことが、むしろ嬉しいような気さえするのだ。

「来てくれて、ありがとうございました」

と、ナバトは頭を下げて言った。

「そんなこととも知らないで、ひどいことを言ってしまいましたね」

「まったくだな」

「でも……心配してくれたってことは、少しは好かれてると思って、いいんですよね？」

今さら何を言っているのかと思う。子供までつくった仲なのに。けれども、素直にそう口にすることはできなかった。

「……そりゃ……、……少しはな」

それくらいの言葉で嬉しそうな顔をするのが、胸に痛かった。今までどれほど自分が我儘《わがまま》に——ナバトに何も返さずにきたのかと思えて。

「……俺のほうも、謝らないと」

と、ファラーシャは言った。

「俺のために、ヤーレフを見逃すはめになって……」

「あなたのせいじゃないでしょう」

「でも、……もし俺が最初からちゃんと話してたら、違う結果になってたかもしれない」

ヤーレフの仲間が死にかけていて、薬を渡そうとしたところから、もしナバトに相談していたら。

「でも聞いていたら、俺は彼を捕まえないわけにはいきませんでした」

「……」

そしてヤーレフは処刑台に立たされていたかもしれない。そうならなくてよかったと思う気持ちは、今でもあるけれども。

「俺のせいで……きっとおまえにも処分が下る。もしかしたら、玉座ももう希めなくなるかもしれない」

「そうなったとしても、俺は別にかまいませんよ」

「え……？」

その言葉に、ファラーシャは思わず顔を上げた。

「もともと俺は、たいして玉座に興味はなかったんです」

「だったらどうして俺を——俺と共闘なんて」

「玉座じゃなくて、あなたが欲しかったんですよ。そう言ったでしょう？」

「言ってたけど……」

——……そんなに玉座が欲しいのか
——あなたが欲しいんですよ
たしかにナバトはそう言っていた。

でも、ファラーシャまともに受け取ってなどいなかった。方便のようなものだと思っていた。

「俺はヤーレフ兄上のことを、本気で捕まえるつもりでした。でも、本当にそれが正解だったのかどうかは、今でもよくわからないんです。……父上に引き渡せば、処刑されることになったかもしれないのに」

「……そうだよな」

ナバトにとっても、腹違いとはいえヤーレフは兄なのだ。

「おまえもけっこうあいつには懐いてたもんな……」

その言葉に、ナバトは軽く目を見開いた。

「あのころのこと、……っていうか俺のこと、思い出してくれたんですか？」

そこなのか、と思いながら、ファラーシャは頷く。

「……昔のことは、おまえのことに限らず、すべてが靄《もや》がかかったみたいになってたんだ、ずっと。多分、いろいろあったから思い出したくなかったのかもしれない。父が、おまえたちの父親に王太子の座を逐われて、……仲の良かった従兄弟たちが急にみんな敵にまわったみたいに感じたんだと思う。だから楽しかった思い出にも蓋をせずにはいられなかった。……実際にはみんなただの子供で、親のすることに振り回されてただけだったのに」

誰にも、裏切られたわけじゃなかったのに。

「ファル……」

「そう、それ」

ナバトにその名で呼ばれた瞬間、我知らず笑みが零れた。

「小さいころのおまえ、長い名前が言えなくて、そう呼ぶようになったんだよな。……忘れてて、悪かったな」

「思い出してくれたんですね」

ナバトの顔がぱっと輝く。屈託のない笑顔には、昔の面影が重なって見えた。

「でも、本当は、言えなかったわけじゃなかったんです」

「え？」

「自分だけの呼び名が欲しいって言ったでしょう。それは最初から本心だったんです。あのころはオメガだなんて知らなかったけど、あなたは、俺の初恋の人でした」

「ナバト……」

「さっきヤーレフ兄上のこと、捕まえなくてよかったって言ったのも、俺があの人を慕っていたからとか、兄だからとかいうわけじゃなかったんです」

「じゃあ、どうして」

「もし処刑されていたら、あの人はあなたの心に一生棲《す》み続けることになったでしょう？」

「え……」

一瞬、ぞくりと背筋に悪寒が走ったのは気のせいだったのだろうか。

「アルファの男子を産ませた者に玉座を継がせる――あの勅命が下ったとき、俺は正直、玉座にはほとんど興味がなかったんです。でも、あなたがオメガだったことは知っていましたからね。もしあなたが王統を奪い返したいと思っているなら、俺を必要としてくれるかもしれないと思ったんです」

「……でも、最初に約束させただろう？　俺がアルファの王子を産むなら、後宮には他に誰も入れないって」

産めなければ、この限りではないという話ではなかったのか。玉座を得るために、誰か別のオメガを連れてくることもある、と。

「そうは言ってませんよ。よく思い出して」

その言葉に記憶をたどれば、

――……今は俺だけでも、いずれ増やしたら同じことだな
――増やしたりしませんよ。あなたが、俺の子供を産んでくれるなら
としか、たしかにナバトは言っていなかったかもしれない。アルファの王子を――とは、ひとことも。

「俺の子供を産む気になってくれるなら、それでよかったんです。アルファどころか、実際には一人も生まれなかったとしても」

「ナバト……」

「最初にあなたの伯父に申し入れて断られ、ユーディウ兄上に持って行かれたとき、俺がどれほど悔しかったかわかりますか？　あのとき、もし次にチャンスがあれば――なければつくってでも絶対にものにすると誓ったんです。以来、四翼の動向はずっと窺《うかが》っていました。だから他翼の知らない情報も手に入れることができた」

「俺が四翼にいたこと、知っていたんだな。なのに、

なんで知らないふりなんか」

「さあどうしてでしょうね。なかったことにしておきたかったのかもしれませんね。あなたが、他の男のものだったこと」

「……じゃあ、あの成人を祝う宴の招待状は……」

「あなたに来て欲しくて、俺が出しました」

「なんでそんな回りくどいことを」

オメガが欲しければ、その庇護者や所有者に申し入れるのが普通だろう。実際、ナバトも最初はそうした。

「ふつうに申し入れたら、あなたに断られるんじゃないかと思ったからですよ。年下は頼りないって、思ってたんでしょう？」

「そんな」

「ないって言えますか？」

ファラーシャは答えに詰まる。

たしかに、最初は半ば対象外だと思っていた。幼いころのナバトのイメージから抜け出せたのは、彼に暴漢からたすけだされてからのことだ。

「だから、直接会って口説こうと思ったんです」

「それで、月が綺麗……か」

「ええ」

ナバトは苦笑した。

「あ……」

そのときふと、ファラーシャの脳裏に蘇ってきた光景があった。

湖の畔、薄く浮かぶ月。駆け寄ってくる小さなナバト。

――月が綺麗だな
――あなたのほうが綺麗だよ！

「……もしかして、二回目って言ったのは……」

「二回目？」

「いや……初めて……ってわけじゃないけど、宴で会ったとき……」

――月が綺麗ですね
と、ナバトは話しかけてきたのだ。

――でも、あなたのほうが綺麗だ
――飽きた。同じこと言われすぎて
――そうでしょうね……！　でも、俺は口にしたの、まだ二回目ですよ
「月が綺麗だって言うの、二回目だって言っただろ。……一回目は……もしかして……」

「それも思い出してくれたんですね」

ナバトは微笑った。

「そうですよ。一度目もあなたでしたよ、ファル」

「……ばか」

気恥ずかしさで頬が熱くなる。

その科白は、ほとんど自分に言ったようなものだった。一人目は誰なのかと密《ひそ》かに気にしていたのが、ひどく馬鹿馬鹿しかった。

「あのころの俺はほんの子供だったから、あまりあなたに相手にしてもらえませんでした。子供の特権を振り回して、可愛がってもらったりはしてましたけど、それとこれとは違いますからね……ヤーレフ兄上が羨ましかった。ずっと嫉妬していたんです。だからこそ、杣小屋にいるあなたたちを見つけたとき、自分を抑えられなかったのかもしれない」

「……約束しただろ。他の誰ともって」

「ええ」

「信じてなかったのか」

「そういうわけじゃないんですけどね。……ただ、相手がヤーレフ兄上だったから。あのころ、凄く仲が良かった二人だったから」

「子供のころのことだろ……！　本当に、ずっと会ってさえいなかったんだ」

「それでも、簡単に忘れられるとは限らないでしょう。俺だってあなたのことが忘れられなかった」

ナバトはファラーシャの手を強く握り締めてきた。引こうとしても、放してもらえなかった。

「なんで……俺なんかそこまで……。初恋に引きずられてるだけじゃないのかよ」

今の気持ちというよりも。

「最初は、そうだったのかもしれませんね。でも再会したら、凄絶なくらい美人になってて驚きましたよ。昔から綺麗だったけど、そんなもんじゃなかった。……オメガってやっぱり綺麗な人が多いんでしょうかね？」

「結局見た目なのか」

「見た目も好きですよ」

ナバトは苦笑した。

「でも綺麗なだけじゃなくて、賭け矢やカードで遊んでるあなたは子供っぽくて可愛くて、惚れ直した……ところに暴漢をちぎっては投げでしょう？」

「……別にちぎって投げたわけじゃ」

必要に迫られて必死だっただけのことだ。

「ほんとにもう、こんな面白い人いるのかと思いましたよ」

「面白いってなんだよ」

「あなたと暮らすのは、楽しかったってことですよ」

「それは……」

ファラーシャもまた同じように思っていた。ナバトとの暮らしは――あれは多分「楽しかった」と言うのだ。

「子供のころから大好きだったけど、今はもっとずっとあなたが好きです。愛しています」

ナバトはファラーシャの髪を撫でた。

「俺は玉座はいりません。あなたと家族になれればそれでいいんです」

家族、とファラーシャは無意識に呟《つぶや》く。

「でも、あなたが玉座を希むなら、全力を尽くして戦います。だから、俺と、つがいになってください」

（……つがい）

つがいという、昔は嫌悪感しか感じなかった言葉が、何故だかひどく甘くしあわせなものに感じられた。

「ナバト……」

ファラーシャはナバトの手を握り返した。

「……おまえが怪我したって聞いたとき、本当は心配でたまらなかったんだ。命に別状はないって聞いてもじっとしていられなくて、七翼を飛び出してきた。……俺もおまえのことが、好き、なんだと思う」

そう口にするだけで震えた。気持ちを告げるのが怖かった。

「ファラーシャ」

ナバトがファラーシャの手を強く引き寄せ、抱き締めてくる。その力強さを感じただけで、震えが止まった。

ファラーシャは彼の背に強く腕をまわした。

「子供が生まれて……最初の発情期が来たら、うなじを噛ませてやるよ」

と、彼は囁いた。

エピローグ

その後、ナバトは捕らえられ、塔に投獄された。

賊を取り逃がしたというだけならともかく、オメガを人質に取られたからとはいえ、明らかに見逃しているのだ。多くの部下が目撃しており、言い逃れは利かなかった。

処分は重いものになると思われた。

最悪、ヤーレフの代わりのようなかたちで、収監は長引くかもしれない。国王の怒りようによっては、最悪出られない可能性さえあった。

(家族になるって言ったのに)

一緒に暮らせなければ、何のための家族なのか。

タヴィールはひとこともファラーシャを責めなかった。ナバトが罪人ということになれば、最悪タヴィール自身も七翼を逐われるかもしれないのに。

――今は子供のためにも、自分の身体のことを一番に考えないと。よく食べて、眠って、ね？

実母ならなんと言っただろうか。

(おまえのせいで、って絶対言ったな)

それでも眠れない日々は続いたが、ナバトは意外にも数ヶ月後、子供が産まれる前に七翼に帰還することができたのだ。

「ただいま、ファル、母上」

ナバトの無事な顔を見たときは、涙が溢れて止まらなかった。こんなに泣いたのは、生まれて初めてのような気がする。

それを隠すように、ファラーシャはナバトの胸に顔を埋《うず》めた。

「ごめん、俺のせいで」

「あなたのせいじゃないって、前にも言ったでしょう。……そんなことより、何度も嘆願書を出してくれたそうですね？」

「……そんなことしかできなくて」

「それに、兄上たちにも頼んでくれた」

正確には、四翼に頼んだのだ。

なりふりかまっている場合でも、プライドを気にしている場合でもなかった。

勿論、ユーディウにはそんな頼みを聞く義理はない。むしろ彼にとってナバトは、弟ではあるがライバルでもある。ここで失脚させたほうが好都合なのだ。

藁《わら》にも縋る思いで、というのはこのことだった。

だが、ユーディウは動いてくれた。そればかりかサイードにも頼んでくれた。ジブリールが強くそう勧めたのだと手紙には書いてあった。

彼らは国王に対し、ナバトを取りなしてくれた。

ナバトは王統を大切に思うからこそ懐妊中のオメガを守っただけで、脱獄者の逃亡を幇助《ほうじょ》しようとしたわけではない、反逆の意志はなかった、寛大な措置を——と。

そのおかげもあって、ナバトは重い咎《とが》めを受けることなく、七翼に戻ってくることができたのだ。

何故、ジブリールがそんなことをしてくれたのかはわからない。四翼にいたころはむしろ苛《いじ》めたし、好かれてはいないだろうに。

貸しをつくったつもりなのかもしれない。元凶となったヤーレフがユーディウの同母兄だということもあっただろう。

それとも、

——全部の翼のオメガのみんなと、仲良くなりたいんだ
などと言っていた、本当にその一環だったのだろうか。

なんであれ、今は素直に感謝しておこうと思った。

ファラーシャの出産予定日が、次第に近づいてい

た。

実家からは、ナバトの収監から途絶えていた手紙がまた来るようになり、必ずアルファの男子を産むようにと書いてある。

「そんなこと言ったって、俺が選べるわけでもないのに」

「お呼びになりましたか？　ファラーシャ様」

呟けば、隣室からアメルが顔を出してくる。

結局、アメルを締める予定は、あまりにいろいろなことがあったために後回しとなり、そのまま今に至っていた。

「別に何も」

「何か果物でもお持ちしましょうか。タヴィール様から新しいのが届いてますけど」

「今日も？」

あまり食事が喉を通らないファラーシャのために、タヴィールは次々にめずらしい食べ物を取り寄せてくれる。

――これなら食べられるんじゃないかと思って！

「北のほうでしか採れないものらしいですよ」

「へえ……」

「持ってきますね！」

ジブリールとミシャリからも、見舞いの品が届いた。

国王に取りなしてくれた御礼を送ったので、その返礼を兼ねてだが、ファラーシャの身体を気遣う丁寧な手紙がついていたため、さらに返事を書かないわけにはいかなくなった。

（別に交流なんかする気じゃなかったのに）

何故こんなことになっているのかと思う。

そうしてようやく落ち着いたころ、出産の日がやってきた。

「……っ――」

産室にはタヴィールと七翼の医師が入り、つきっきりで世話を焼いてくれた。

ナバトも傍にいようとしてはくれたが、医師に追い出された。

――殿下のおいでになる場所ではございません
陣痛は長く続いた。

裂けるような痛みに、ファラーシャは一昼夜叫び続けることになった。疲労と睡魔にとろとろしても、陣痛にすぐに引き戻されてしまう。

「どうしよう……どうしたらいい？　僕のときは、痛み出したかと思ったらすぐにつるっと終わったのに……」

おろおろと呟くタヴィールに、ファラーシャはつい笑ってしまった。彼らしいと思った。

どうしようと言ったって、どうしようもないだろうに。

けれどもそんなことを考えていられたうちはまだましだったのだ。

途中からは目の前が真っ赤になって、本気で死ぬかもしれないと思った。というか、死んだほうがましなくらいの痛みに襲われた。

みんなこうして産んできたのかと思う。

それがふっと楽になったのと同時に、赤子の泣き声が聞こえてきた。

「王女様です」

と、医師は告げた。

(女の子……)

アルファどころか、王子でさえない。

男子でないということは、将来アルファの王子になって王統を継ぐことなどありえない子だった。

それでも、顔を見た途端涙が溢れた。

愛おしい、というのは、こういう気持ちなのかと思う。

無事に産まれて嬉しいということだけ、それ以外のことはすべて一瞬で吹き飛んでいた。

「ファル……!!」

すぐ外で聞いたらしいナバトが、産室に駆け込んできた。

「産まれたんですね……!?」

（ナバト……）

呼びかけたかったが、声が出なかった。ファラーシャはただ何度も頷く。

「女の子だって！」

と、タヴィールが赤ん坊を抱いてナバトに見せた。

「うちのお姫様だ」

ナバトが笑う。その瞳にも涙が滲んでいる。

「ファルにそっくりだね。きっと凄い美人になるよ」

男子でなかったことに、少しも落胆しているようには見えない。

喜んでくれる「家族」の姿を見ていると、これでいいんだと思えた。

実母はおそらくこのことに失望し、無自覚にファラーシャのことも赤子のことも糾弾するだろう。伯父も罵るだろう。

けれども、ナバトもタヴィールも、こんなに喜んでくれている。

ファラーシャはもう、何故自分がアルファの王子を産まなければならないと思いつめていたのか、よく思い出すことさえできなくなっていた。

玉座に就けないからといって、それが何だというのだろう？

実母は夫を失い、王太子妃の地位も逐われて気の毒だったとは思う。だがそれはファラーシャのせいではない。贖《あがな》う必要などないことなのだ。

（さようなら、母上）

玉座など手に入れられなくても、この子はきっとこの七翼でしあわせになる。

本当に欲しかったものは、アルファの王子ではなかったのかもしれなかった。ただ、昔の居場所を取り戻さなければ、あのころのしあわせも取り戻せないような気がしていただけで。

（でも、今、しあわせだ）

心からそう思えた。

「ファラハは？　寝てた？」

「よく眠っていましたよ」

答えながらナバトはファラーシャのベッドに上がってくる。

ファラハというのは、生まれたばかりの娘の名だ。親子であまり似た名前もどうかとファラーシャは思ったが、

――あなたに似た子に育って欲しいんですよ
というナバトの言葉に押し切られた。意味は「喜び」だ。

「なんか、緊張しますね」

と、ナバトは言った。

「何言ってるんだよ、らしくもない」

ファラーシャはつい、笑ってしまった。

「そうなんですけどね。……ひさしぶりですから」

産後しばらくは性行為を医師に止められていたが、今夜ようやく最初の発情が訪れたのだ。つまり、身体の準備ができたということだった。

そしてそれは、

――子供が生まれて……最初の発情期が来たら、うなじを嚙ませてやるよ
という約束を果たす日が来たということでもあった。

「ずっと夢見てたことですからね。……あなたは、緊張しないんですか？」

「してないな」

発情の高揚感はあるものの、むしろとてもゆったりとした気持ちだった。

あれほど嫌悪したつがいになる行為が、今は嬉しいとさえ思える。ナバトと一緒にすることなら、何も怖くなかった。

「むしろ楽しみだ」

誘うように自分から口づけると、ナバトは背中に腕をまわし、ぎゅっと抱き締めてきた。深く唇を塞がれる。

「ん……」

ファラーシャは、ナバトの長いキスが好きだった。彼の自分へと向けられる欲望と情熱を感じる。肉厚の舌で舌を探られ、絡められ、深く犯されると、次第に陶然としてくるのだ。

寝間着をはだけられ、胸に触れられる。

「……ちょっとどきどきしてますね」

「おまえだって」

「ええ」

ナバトが乳首を唇で挟む。

「っ……」

「ここ、美味《おい》しくなりましたね」

などと言いながら、舌先で転がし、軽く吸いあげる。

「……っばか、あ……っ、吸うな……っ」

「ファラハに吸われても、そんなふうになる？」

「わけないだろ……！」

ナバトにされるとこんなにも淫《みだ》らに反応してしまうのに、赤子に吸われても精神的多幸感の他は何も感じないのは、自分でも不思議ではあった。

「もうそこ、いいから」

「もっと。ひさしぶり、なんですから。ずっとファラハに貸したきりになってたんですからね」

「んんっ……あ、あ……っ」

それだけで、びくびくと腰が跳ねるほど感じた。下腹まで伝わり、疼きだす。

ナバトは執拗に乳首を舐《な》めながら、てのひらで素肌を撫でていく。発情した身体は、それだけでたまらなく気持ちがよかった。

「あ……」

勝手にくねる身体を、ナバトが笑みを浮かべて見下ろしていた。

「……やらしい目で見んな……っ」

「無理ですね。あなたが凄くいやらしくて綺麗だから」

馬鹿、と蹴ろうとした脚は逆に摑まれ、大きく開かされた。

「……もうどろどろになってますね」

「ばか、黙れ」

「可愛い」

馬鹿なことを言いながら、彼は先端にちゅっと口づけてきた。

「あ、や……っ」

ファラーシャが制止したにもかかわらず、続けて軽く吸う。

「あ、あ……っ、そんな、……っ」

「乳首は吸ったらだめなんでしょう。だったら、かわりにこっちをね……」

ナバトは舌でざらりと舐めあげてきた。

「あ、んん……っ」

尻のまるみを両手で包み込むように撫でながら、性器を咥《くわ》え、口の中で転がす。発情しはじめた身体には、強烈な刺激だった。気持ちがよくてたまらなくて、何度も腰が浮き上がった。

ナバトの指が後ろへとふれる。

「あ……っ」

軽く揉み込まれただけでひくつき、飲み込もうとする。そんな淫らな反応を堪えることができなかった。

「あ……あぁあ……っ」

ぬるりと抵抗もなく挿れられると、我知らず背筋が撓《しな》った。ナバトは指を二本に増やし、ひろげてくる。

「凄い……ほら、溢れてきますよ」

「あ、あ」

そこが空洞になっているのがたまらず、ぱくぱくと開閉しようとするのがわかる。けれども指に阻まれてできずに、ただ雫《しずく》を垂らすばかりなのだ。

「もう……っ」

「もう、挿れてもいいですか？　……まだ、あまり慣らしてませんが……」

これだけ濡れていれば、慣らす必要などない。問

いかけてくるナバトに、上手く頷くこともできないほどだった。

「……ッ……早く……っ」

ナバトの腕を握り締める。灼《や》けたような先端をぴたりと宛がわれた途端、そこがまたぐちゅっと収縮したのがわかった。

「あ、あ……っ」

屹立を挿入され、息が詰まる。こんなにも大きかっただろうかと思う。

（それに硬くて）

「んん……っ」

「どうしたんです？」

きつく眉を寄せるファラーシャに、ナバトは問いかけてくる。

「……っまえの、凄い、硬いから……っ」

「ははっ」

なんだかナバトが嬉しそうなのが癪《しゃく》に障《さわ》る。

「痛かった？」

ファラーシャは首を振った。感覚を散らしたかった。内襞を擦られるとどうしようもなく気持ちよくて、勝手に彼を締めつけてしまう。

「気持ちいい？　ならよかった」

「んん……っ」

「大丈夫なら、続けますよ」

ナバトは揺すりあげてきた。

「うあぁ……ッ!!」

硬さにまかせて抉るように挿入り込んでくる。濡れきったそこは彼を拒むことができない。

「ああ、あ、あぁ……っ」

奥まで突き上げられた瞬間、ファラーシャは達していた。

内襞が、断続的にナバトを締めつけ、絞りあげる。

「……っ……！」

上で小さく彼が息を詰めた。

同時に、中で弾けたのがわかった。どくどくと注がれる感覚がたまらなくて、ファラーシャは小さく喘ぎ続けた。

　ナバトはファラーシャの上に突っ伏して、呼吸を整える。そして少しだけ顔を上げた。

「……ひさしぶり、だったから」

「……まあな」

　顔を見合わせて、笑う。

「凄い……イったのに、まだ締めつけてきますね。……子供産んだなんて、思えませんよ」

「ばか……ぁっ」

「しかも……うねってて、……気持ちいいですよ、……またすぐ出そうになる」

「何度でも出せるんだろ、若さが取り柄……なんだから」

「はは、まあね」

　達したにもかかわらず、ナバトはまだ半ば芯を保っていた。何度もキスしながら、遊ぶように緩く抜き差しを繰り返すうち、また硬さが増していく。

「嚙んでもいいですか？」

と、ナバトは耳許で問いかけてきた。

「最初から、いいって言ってる」

「ええ」

　ナバトはファラーシャの片脚を抱え、挿れたままで身体を俯《うつぶ》せに返した。

「……っ、んぁぁ……っ」

　中を抉られ、ファラーシャは悲鳴をあげる。

「ごめん、大丈夫？」

「大丈夫、だけど」

　無茶なことをされたのに、痛みはほとんどなく、快感ばかり大きかった。

　腰だけを少し掲げるような姿勢で、ファラーシャはシーツを握り締め、顔を伏せる。

　ナバトはファラーシャの手を上から包み込んできた。

　後ろからされるのは、長いあいだ苦手だった。後ろ首が無防備になるのが怖かった。けれども今は、ただそれだけのことで安心できる。

ナバトはファラーシャの背中に一度キスして、ゆっくりと突き上げはじめた。今までと違うところを擦られ、知らない快楽に背筋が震えた。

「……っ……ん、……っ」

「ふ……、凄く、熱いですね」

「おまえ、こそ、……あ、深い……っ」

会話ができたのはそこまでだった。

灼けた肉棒に自分の内襞が絡みついていくのがわかる。

ナバトの動きは次第に速さを増していく。気遣うような緩やかさは、ほんの最初だけだった。

ファラーシャもまた、夢中になって腰を揺らめかせた。

身体の深いところでナバトが達しそうになっているのがわかる。半ば無意識にそれをきつく締めつける。

「ファル……っ」

名を呼ばれ、ファラーシャは自ら髪を掻き上げ、うなじを晒《さら》した。

ナバトが口づけ、それから歯を立ててくる。

ファラーシャはその鋭い痛みに酔い痴《し》れた。

「……ファル」

軽くベッドの端が沈む感覚があって、ナバトの囁きが聞こえた。

「ファル、朝御飯ですよ」

「んん……」

まだ発情は微妙に続いていて、昨夜――朝方まで抱かれていた身体はひどくだるかった。正直、もう少し眠っていたいけれども。

「ほら、起きて」

ナバトが目尻に口づけてくる。

仕方なく起こされるままに身を起こすと、ベッドサイドには豪華な朝食の載った大型ワゴンが運び込まれていた。

豆を煮込んだスープや果物、挽肉《ひきにく》を詰めたまるいパンに石榴のジュースなど、どれもが美しい器に盛られ、溢れんばかりに並べられている。

朝から、しかも発情中の身には重すぎて、逆に食欲が萎えるほどなのだが、

「はい、あーん」

などと、ナバトに匙《さじ》を差し出されれば、食べられてしまうのが不思議だった。

「美味しかったですか?」

「ああ」

食事が終わり、ナバトの問いかけに素直に頷く。

ナバトはふっと息を吐いた。

「残念」

「はあ?」

「本当に発情期が終わりかけてるんだな、と思って」

人によるようだが、ファラーシャはその最中、食欲が減退するし、味覚もかなり鈍くなる。朝食を美味しく感じるということは、発情も終盤だという証拠でもあった。

「昨日までは、御飯を運んでもそっちのけで俺に手を伸ばしてきたりして、凄く可愛かったのに」

「馬鹿、黙れ」

うっすら覚えているだけに気恥ずかしい。

「美味しそうに食べてるあなたも可愛いですけどね」

頬に口づけてくる。それだけでちょっとときめいてしまうのは、まだ残る発情のせいなのか、それとも。

「そんなの……別に食ってからやればいいだけだろ」

ファラーシャはそう言って、ナバトにキスを返した。

ふれるだけだったものが次第に深くなってくる。また身体の芯に火が灯《とも》りそうになったときだった。

「ああ、そうだ。——その前に」

ナバトはふいに唇を離した。

「何だよ?」

「これ」

中断された不満で睨むファラーシャに、彼は懐《ふところ》から小さな箱を取り出して見せた。

蓋を開ければ、入っていたのは指輪だった。

繊細な金細工の中心に、目が眩《くら》むような美しい大きな石が嵌《は》まっている。

「……これは？」

「気に入りましたか？」

「俺に？」

「勿論」

ナバトは跪《ひざまず》き、ファラーシャを見上げた。

「俺の正妃《せいひ》になってください」

ファラーシャは小さく息を飲んだ。

思いもよらなかった科白だった。

「……正妃は、アルファ王族の女性がなるしきたりだろう」

「王族には違いないでしょう」

「そこだけはな」

「俺はあなたでなきゃいやなんです」

ナバトはファラーシャの手を取った。それだけで、おかしいくらい胸が早鐘を打つ。

「あなたしか、正妃にしたくない。いや、他の妾妃もいらないし、娶らないとここにもう一度約束します」

「……つがいになっただけじゃ足りないのか」

「足りません。すべてで繋がっていたいんです」

ナバトがあまりにもきっぱり答えるので、ファラーシャはつい噴き出しそうになってしまう。

「縛るの間違いじゃないのか？」

「……かもしれません」

正直な答えに、本当に笑ってしまった。けれどナバトは縛っているつもりでも、ファラーシャが自ら傍にいればその縄はないも同じなのではないだろうか？

「それでも、俺の正妃になってください。生涯、俺の隣にいて欲しい」

「……うん」

ファラーシャは頷いた。

「本当に……!?」

「そんなに驚くようなことか？」

つがいになって、子供までいる仲なのに。

「生涯、おまえの隣にいる」

「ファル……っ」

ナバトはぎゅっとファラーシャを抱き締めてきた。

そしてその指に指輪を嵌めると、再び口づけてくる。

ファラーシャはそれに応えながら、横たえられるままベッドへと沈んだ。

■オメガ王子の最愛■

ファラーシャが七翼《ななよく》での宴に出席するのは、これで二度目になる。

最初は、従兄弟のアルファの王子たちを探るために身分を隠し、踊り子の姿を借りていた。

今は、赤い絹に金糸の刺繍《ししゅう》を施した豪奢《ごうしゃ》な婚礼衣装を纏《まと》っている。頭には、同じ糸で編んだ長いヴェールに孔雀石《くじゃくいし》の宝冠を載せて。

——正妃《せいひ》になってください
ナバトがそう言ったとき、ファラーシャはそれを国王が認めるとは思わなかった。二人きりか、または家族だけで内々に儀式を行うことになるだろうと思っていた。

だがナバトは軍功を立て、それと引き換えに正式に許可を取り付けてきたのだ。時間はかかったが——ファラハは三つになっていた。

「おめでとう、ファラーシャ」

「……ありがとう」

中央の雛壇《ひなだん》に座って、次々と客の挨拶を受ける。その中には、従兄弟——ナバトにとっては兄弟たちや、そのオメガたちもいた。

ファラーシャは彼らと特に会いたいわけではなかったが、しきたりとして招かないわけにはい

かなかったし、

――やっぱり、今のままでいるよりは、一度は会っておいたほうがいい気がして
というナバトの言葉にも一理あった。

――本当は、あなたを兄上たちに会わせたくはなかったんですけどね。この美しさを見たら、誰もが夢中にならないとも限らない
などと、馬鹿なことも言っていたのだけれども、それはともかく。

ひさしぶりに会った従兄弟たちは、昔と同じように気さくに話せた者もいれば、いけ好かないまま少しも変わっていない者もいた。

どちらも同様に懐かしく、思い出話に興じるうち、ファラーシャの胸の奥にずっと残っていた蟠《わだかま》りのようなものも消えた気がした。

ジブリールやミシャリも来ていた。

あれ以来、手紙のやりとりは続き、たまに湖で茶会を開いたりもしている。子供たちはすっかり仲良しになり、微笑《ほほえ》ましくもあるが、少し不安でもあった。

(俺も子供のころは、政争によって疎遠になった従兄弟たちと、こんなふうに仲が良かった)

まるで昔の自分たちを見るようで。

だが、ナバトは手放しで微笑ましく思っているようだ。

「一度は引き裂かれたって、またこうして仲良くなることだってあるわけですから。前以上に、

ね」

と、口づけてくる。

「こら、また人前で……！」

「かまわないでしょう？　つがい同士が、晴れて正式な夫婦にもなったんだから」

その瞬間、近くで小さな笑い声がした。

ジブリールだ。ファラーシャは彼をじろりと睨《にら》んだ。

「なんだよ」

「あ、ごめん」

ジブリールは笑ってごまかそうとする。

「だから、なんだよ？」

「いや、あの、十何回目だったかなあと思って。俺が見ただけで」

「僕は十五回見たけど」

と、傍《そば》にいたミシャリが答える。

「何が」

「キス」

「……っ」

ファラーシャは絶句した。

そんなにした――というか、されただろうか。ナバトはキスが好きで、今日も何度も仕掛けてきたけれども。

心なしか頬が熱い。

(おまえが人前で戯れたりするから……！)

今度はナバトを睨むけれども。

「まあまあ、おめでたい日なんだから。……ですよね？」

と、ジブリールは取りなす。

「ええ」

ナバトは笑みを浮かべて答え、ファラーシャの肩を抱き寄せると、また頬にキスしてくる。

「こら、また言ってる傍から……っ」

「そう怒らないで。怒った顔も綺麗《きれい》だけど」

「聞き飽きたって言ってるだろ……！」

ジブリールとミシャリが、堪《こら》えられないという顔で笑い出した。

「くっ……」

二人の温かい瞳が鬱陶《うっとう》しい。

「どこへ行くんです？」

「風に当たってくる」

ファラーシャはナバトの腕を抜け出し、立ち上がった。


「はぁ……」

テラスに出て、深く息を吐く。

やはり人の多い広間には、それなりに熱気が籠もっていたようだ。心地よい風が、ファラーシャの髪をなびかせた。

(……そういえば、ナバトにはここで再会したんだったな)

塔を見上げていたら、ナバトが声をかけてきたのだ。

もうあの塔にはヤーレフはいない。捕まったという話も聞かないから、無事外国で暮らしているのだろうか。

(しあわせにやっているといいけど……あいつも)

自分が今しあわせでいるように。

「……月が綺麗ですね」

ふいに降ってきた声に、ファラーシャははっと顔を上げた。振り向けば、すぐ後ろにナバトが立っていた。

「ナバト……」

「あなたのほうが綺麗だけど」

その言葉を聞いた瞬間、軽く噴き出してしまった。

「三回目か」

「ええ」

ナバトは答える。

「聞き飽きた科白《せりふ》ですみません」

「はは」

ファラーシャは笑ったけれども。

「……意外と、そうでもないな」

「え？」

昔から、本当に飽きるほど美しさを賞賛されてきた。誰に言われても何の感動もしないほど。

けれど、ナバトに言われるのだけは、少し違うような気がする。

何度言われても、そのたびに小さく胸がときめく。

「おまえに言われるのは、嫌いじゃない」

「だったら、毎日でも言いますよ。永遠に愛しています。俺の美しい人」

囁《ささや》いて、ナバトはまた口づけてきた。

あとがき

こんにちは。今回は「アルファ王子の最愛～オメガバース・ハーレム」をお手にとっていただき、ありがとうございます。鈴木あみです。

さて今回は、王位継承権を得るために、アルファの男子を儲けなければならなくなったアルファの王子たちのシリーズ二冊目ですが、別カップルのお話なので、この本から読みはじめても問題なくお楽しみいただけると思います。よろしくお願いいたします。

主人公は、アルファの王子たちの従兄弟、ファラーシャです。知っている人は知っている……前回の主人公ジブリールにつらく当たっていた美貌のオメガですね。でも、彼にもいろいろ事情があって……。

お相手は、アルファ第七王子ナバト。彼は、幼いころ可愛がってくれた美しい従兄にずっと恋していたのでした。そんな彼が成長して年下攻めに……！　年下攻め、ひさしぶりに書いて楽しかったです。

あと、ナバトの母タヴィールとか、ナバトやユーディウの兄でファラーシャとも従兄で幼なじみのヤーレフとか、サブキャラたちも書いていてとても楽しかったです。

また、ジブリールやミシャリ、前作のキャラたちもちらちら登場しますので、ご存じのかたはそのあたりも一緒に楽しんでいただければ嬉しいです。

イラストを描いてくださった、みずかねりょう様。今日ちょうど表紙ラフをいただいたところなのですが、ラフであるにもかかわらず素晴らしく美しく、しかも繊細で、一目で心を奪われました。理想以上のものを描いてくださって、本当にありがとうございました！

担当のKさんにも、大変お世話になり、ありがとうございました。今回もとても……とても時間がかかってしまい、いつから書いていたのかもう思い出せないほどです……。いつもながらご迷惑をおかけしてしまい、本当に申し訳ありませんでした。

読んでくださった皆様にも心からの感謝を。少しでも楽しんでいただけていたら嬉しいのですが。

ご意見ご感想など、よろしければぜひお聞かせください。

鈴木あみ

◆初出一覧◆

アルファ王子の最愛 ～オメガバース・ハーレム～／書き下ろし

オメガ王子の最愛／書き下ろし

世界の乙女を幸せにする小説雑誌♥
小説
ビーボーイ
b-Boy
読み切り満載!!
4月, 10月
14日発売
A5サイズ
多彩な作家陣の豪華新作、
美麗なイラストがめじろおし♥
人気ノベルズの番外編や
シリーズ最新作が読める!!
イラスト／蓮川 愛
ビーボーイ編集部公式サイト
https://www.b-boy.jp
雑誌情報、ノベルズ新刊、イベント
はここでお知らせ!
小説ビーボーイ最新号の試し読みもできるよ♥
イラスト／笠井あゆみ

ビーボーイノベルズをお買い上げいただきありがとうございます。
この本を読んでのご意見・ご感想をお待ちしております。

〒162-0825 東京都新宿区神楽坂6-46
ローベル神楽坂ビル4F
株式会社リブレ内 編集部

アンケート受付中
リブレ公式サイト　https://libre-inc.co.jp
TOPページの「アンケート」からお入りください。

アルファ王子の最愛 ～オメガバース・ハーレム～

2020年8月20日 第1刷発行
著　者――――鈴木あみ

発行者――――太田歳子
発行所――――株式会社リブレ
〒162-0825
東京都新宿区神楽坂6-46ローベル神楽坂ビル
営業　電話03(3235)7405　FAX 03(3235)0342
編集　電話03(3235)0317
印刷所――――株式会社光邦
定価はカバーに明記してあります。
乱丁・落丁本はおとりかえいたします。

この書籍の用紙は全て日本製紙株式会社の製品を使用しております。
Printed in Japan
ISBN 978-4-7997-4890-9